PASSION

PROMESSES, PROMESSES

Dans la même collection

390. Les nuits de Louisiane.
391. La guitare des passions.
392. Les contes de Susan.
393. L'oiseau voyageur.
394. La première tentation.
395. A petit feu.
396. Flammes sous la pluie.
397. La minute décisive.
398. Les bracelets d'argent.
399. Au-devant des ennuis.
400. Soleil de l'Arizona.
401. Le cœur de Suzanna.
402. La dame et le cow boy.
403. Péché de famille.
404. Le messager du bonheur.
405. Dansez avec moi.
406. La célibattante.
407. La dame en rouge.
408. La lune et les ombres.
409. La vie secrète d'Élisa.
410. Passé trop lourd.
411. Cœur de dragon.
412. Les yeux du passé.
413. Musique de nuit.
414. Le désir et la peur.
415. Dans les bras du diable.
416. Mélancolie.
417. Une gosse des villes.
418. L'ange de Satan.
419. Soleil d'or.
420. Le juge et la gitane.
421. Le baiser de minuit.
422. Tentations du passé.
423. L'alchimie de l'amour.
424. Krystal.
425. Passion sur orbite.
426. Cadeau du ciel.
427. Tempête sur un cœur.
428. L'amour de Jared.
429. L'architecte et la tornade.
430. L'épouse de l'hiver.
431. La sorcière.
432. L'avenir en bleu.
433. Soupirs d'amour.
434. L'amant de l'île.

LAURA TAYLOR

PROMESSES, PROMESSES

P A S S I O N

Titre original :

PROMISES

Première édition publiée par Bantam Books, Inc., New York, dans la collection Loveswept ®. Loveswept est une marque déposée de Bantam Books, Inc.

Traduction française de Martine Bruce
Couverture 1992, Ed. Tadiello

© 1992 by Laura Taylor
© 1993, U.G.E. Poche Passion, pour la traduction française

ISBN : 2-285-01076-1
ISSN : 1158-6117

1

TANDIS qu'il pénétrait dans le superbe hôtel particulier d'époque victorienne qui abritait l'école Primrose, Alexander Wyatt s'empressa d'arborer un air désinvolte pour dissimuler le flot de sentiments contradictoires qui l'envahissait.

Que n'aurait-il donné pour éviter de se rendre ici, à Maryville, Alabama, et repousser le rendez-vous prévu avec l'exécuteur testamentaire de feu Charles Stanton!

Il se débarrassa vivement de son imperméable et aperçut, à son grand étonnement, une magnifique jeune femme rousse étalée à plat ventre sur le sol, qui tentait d'échapper à l'assaut d'une douzaine de bambins éparpillés autour d'elle. De ses doigts barbouillés de peinture, elle pinça le nez de l'un d'entre eux. Une large trace orange orna l'appendice du gamin, qui éclata de rire, fou de joie, avant de se lancer sur elle pour lui rendre la pareille. Aussitôt les autres enfants se jetèrent dans la mêlée. Le niveau sonore de la pièce s'éleva immédiatement de plusieurs décibels, couvrant ainsi les grondements de tonnerre de l'orage qui sévissait en cette fin d'après-midi.

En dépit de l'impressionnant contrôle qu'Alex exerçait sans cesse sur lui-même et sur les événements, un brutal désir envahit son être à la vue de cette jeune femme, sur le parquet, essayant de résister à l'assaut mené contre elle, se démenant, gigotant allégrement sous les coups de pinceau des enfants.

Son tee-shirt tirbouchonné révélait sa taille fine, ses hanches étroites. Un rire incontrôlé la secouait tout entière. Elle tenta de protéger son visage, roula sur le dos et finit par demander grâce.

Alexander l'observait de ses yeux bleus mi-clos. La ravissante silhouette à peine cachée par le tee-shirt et les longues jambes douillettement recouvertes d'un caleçon de laine ne pouvaient qu'attiser son regard.

Furieux de sa réaction, furieux de ce que cette femme éveillait en lui, il dût respirer un grand coup avant de pouvoir s'intéresser à nouveau au but de son voyage et se dire qu'il n'avait vraiment pas besoin en ce moment de quelque distraction que ce soit, même si celle-ci ressemblait à la somptueuse et sensuelle créature qui se trouvait à ses pieds.

Enfin, les bambins rieurs le remarquèrent un à un, les yeux arrondis de curiosité. Ils en devinrent muets de saisissement.

Remarquant le changement qui s'opérait, au calme qui régnait soudain dans la pièce, Megan

8

Montgomery leva la tête et risqua un œil vers l'intrus. Un mélange de surprise, de consternation suivi d'une lueur de compréhension traversa son beau regard d'ambre; elle se releva d'un bond gracieux, tirant sur son tee-shirt, et balbutia :

— Désolée pour la peinture... Bienvenue à Primrose!

A nouveau séduit par la sensualité de cette voix, Alex préféra l'interrompre sèchement :

— Je cherche une certaine Megan Montgomery.

Son ton froid et cassant la fit frissonner mais Megan n'était pas femme à se laisser abattre pour si peu.

— Je suis cette Megan Montgomery... Et vous, vous devez être Alexander Wyatt! Je vous attendais.

Il lui lança un drôle de regard. D'abord surpris qu'elle l'eut identifié avec une telle facilité, il se demanda ensuite comment il se pouvait que l'exécuteur testamentaire de Charles Stanton soit une jeune femme spirituelle et dotée de formes capables de le conduire au bord de la crise d'apoplexie.

— Vous êtes Megan Montgomery, vraiment?

— Vous vous attendiez à quelqu'un de plus âgé, n'est-ce pas? Acquiesça-t-elle amusée.

— Sans aucun doute, concéda Alex, sur ses gardes comme toujours.

— N'ayez pas l'air troublé, ironisa-t-elle.

Puis lançant un regard de biais vers l'enfant qui s'accrochait à ses basques, elle s'excusa avant de placer gentiment la main sur l'épaule du bambin.

— Que se passe-t-il Teddy?

— Est-ce que le Monsieur vient pour nous voler?

Megan, fronçant les sourcils, s'agenouilla. Ses splendides cheveux auburn tombèrent en souple cascade de part et d'autre de son visage lorsqu'elle prit les mains de l'enfant dans les siennes pour attirer son attention.

— Mais non Teddy, je ne laisserai personne faire une chose pareille. Tu n'as pas à avoir peur, dit-elle en plantant un baiser sonore sur le front soucieux de l'enfant. Je vais te mettre à contribution... Aurais-tu la gentillesse de conduire tout ce petit monde à la cuisine pour y boire un jus de fruits, et prévenir Mlle Caroline que je suis occupée.

Teddy, comme hypnotisé par cet homme si grand, à l'allure si glaciale, acquiesça sans le quitter des yeux. Megan se releva et sourit en voyant ce dernier partir comme à regret.

— Désolée de cet incident, mais sa mère l'a prévenu contre les étrangers et Teddy imagine maintenant que n'importe qui va le kidnapper.

Tout à coup Alexander se souvint, avec émotion, de son enfance solitaire. Mais pas un muscle de son visage ne bougea, et il laissa tomber avec froideur:

— Les chemins de la vie ne sont pas pavés de roses!

— Je suis d'accord, mais il est inutile de tomber dans la paranoïa... je pense qu'il y a un juste milieu.

– Si nous parlions de choses sérieuses, plutôt.

Elle rit, nullement froissée par sa brusquerie.

– Bien sûr... Je ne peux vous dire combien je suis heureuse de vous rencontrer, Alex.

Jetant un coup d'œil sur sa mise, elle grimaça.

– Si vous me donnez quelques minutes, je pourrais me refaire une beauté, le personnel va prendre soin des enfants jusqu'à ce que leurs parents viennent les chercher.

Alexander saisit brutalement le poignet de Megan alors qu'elle s'apprêtait à le quitter.

– Tout ceci n'a aucune importance. Dites-moi plutôt pourquoi Stanton vous a donné la gérance de ses biens?

Saisie par son indélicatesse, Megan sentit son rythme cardiaque s'accélérer. Elle leva les yeux sur lui et son regard se fixa sur son visage buriné, aux contours osseux. Elle avait pourtant vu de nombreuses photographies d'Alexander Wyatt au cours de ces dernières années, mais aucune ne rendait véritablement sa force, son autoritarisme naturel. Aucune photo non plus n'avait pu saisir la lueur dangereuse qui dansait au fond de ses yeux, ni la sécheresse de sa personnalité. Megan ressentit tout à coup une curieuse sensation au creux de l'estomac en se rendant compte qu'il devait être aussi un amant extrêmement exigeant.

Elle reprit son souffle, affolée par la tournure qu'avaient prise ses pensées. Elle fixa à nouveau l'homme qui l'observait, quant à lui, avec un intérêt évident et se rendit compte qu'elle ne lui en voulait plus, mais plus du tout. Il avait éveillé

11

quelque chose en elle, qu'elle n'avait jamais ressenti auparavant.

Megan savait déjà qu'Alexander Wyatt ne s'était pas forgé un personnage d'homme raffiné. Tout au long des rapports que lui avait montrés Charles Stanton, le dernier patriarche de Maryville, Alabama, il apparaissait que son bâtard de petit-fils avait grandi plein de colère, de sauvagerie, en complète rébellion. En dépit de tout cela et peut-être, soupçonnait-elle, à cause de tout cela, il s'était taillé une belle carrière dans l'industrie des loisirs. Sa réputation était celle d'un homme d'affaires dur et agressif.

Il n'était ni beau, ni sophistiqué malgré une certaine recherche dans son habillement : pantalon de lin noir, chemise de soie gris pâle, l'incontournable Rolex au poignet et les mocassins cousus main qu'elle n'avait pu manquer de remarquer lorsqu'elle était à terre.

Alexander Wyatt ne ressemblait à aucun des hommes qu'elle avait connus jusqu'ici. Elle se rendit compte que c'était un homme de pouvoir, intimidant et dangereux. Ô combien dangereux...

Ses cheveux bruns portés un peu plus long que la mode ne l'exigeait, sa sombre carnation, son visage aux traits accusés laissaient transparaître son audacieuse approche de la vie et son profond mépris pour les faibles. Ses yeux bleus ne laissaient passer qu'une méfiance et une perte d'innocence trop précoce.

Megan regretta que ce regard d'azur ne refléta pas une once de chaleur humaine, il évoquait plu-

tôt la désertique toundra arctique. Elle décida que
sa patience avait des limites et qu'elle l'avait suffi-
samment jaugé.

— J'ai vraiment besoin de me changer, dit-elle
en se dégageant avec un sourire.

Elle ne put faire un pas que déjà Alex posait
délicatement la main sur son visage. Sa large
paume épousa la forme de sa joue, et, de son
pouce, il lui caressa la tempe. Elle rougit et il se
crut obligé de préciser :

— Juste un peu de peinture.

Le sourire de Megan s'envola et ses beaux yeux
noisette virèrent au noir.

— Merci infiniment, persifla-t-elle, le cœur bat-
tant.

— Je vous en prie.

Soucieuse des bambins qui les observaient de la
porte ouverte de la cuisine, Megan sut retrouver
son calme grâce à un terrible effort de volonté.

— J'habite au premier. Vous pouvez m'attendre
dans la bibliothèque si vous le désirez pendant
que je mets d'autres vêtements.

Alex retira lentement sa main, ménageant son
effet. Très mal à l'aise, la jeune femme s'échappa
sans attendre.

— Plus que jamais je désire savoir pourquoi
vous avez été nommée l'exécutrice testamentaire
de Stanton! dit-il d'un ton sarcastique.

Megan s'arrêta sur la première marche du
magnifique escalier en acajou.

— Je crains que Charles n'ait vraiment insisté...
Cela vous poserait-il un problème?

— Non... Si vous ne m'en posez pas! répliqu[a]
t-il d'un ton rogue tout en la regardant monter [au]
premier étage de l'immense manoir.

— Il ne saurait en être question, mon cher. [Je]
suis si heureuse de pouvoir enfin faire vot[re]
connaissance. Pour la bibliothèque, c'est [la]
seconde porte à votre droite. Faites comme ch[ez]
vous, le bar est bien pourvu. Je reviens tout [de]
suite.

Alex resta impassible. Puis il redemanda d'[un]
ton implacable :

— Pourquoi?

Megan s'arrêta devant la porte de sa chamb[re.]
La tension qui habitait Alexander Wyatt finiss[ait]
par la gagner, elle aussi. Il lui avait fait perd[re]
son sang-froid et cela lui avait gâché la joie qu'e[lle]
se faisait de son arrivée.

— Pourquoi quoi? répliqua-t-elle du tac au ta[c.]

— Pourquoi avez-vous été nommée exécutri[ce]
des dernières volontés d'un vieillard trois fo[is]
plus âgé que vous?

Apparemment ce sujet l'obsédait et son manq[ue]
de tact commençait sérieusement à énerv[er]
Megan. Elle rétorqua vivement :

— Ce fut un service entre amis, mais sans dou[te]
ne savez-vous pas ce que ce mot veut dire. Sa[ns]
doute ne connaissez-vous personne en qui vo[us]
puissiez avoir totalement confiance...

Satisfaite de lui avoir cloué le bec, elle le pla[nta]
là et entra dans sa chambre. Dès qu'elle eut fer[mé]
la porte, Megan ôta rapidement ses vêtements, [se]
débarbouilla et enfila une robe de jersey de s[oie]
jaune, puis elle se donna un coup de peign[e]

14

Elle ne devait pas prêter attention à l'hostilité qu'Alexander semblait lui témoigner, ni à ses réponses aigres-douces. Elle devait seulement se demander comment elle pourrait tenir la promesse faite à Charles Stanton sur son lit de mort : aider Alexander à découvrir son héritage. A défaut de lui faire oublier le passé, elle pourrait lui expliquer qu'il avait un foyer à présent.

*
* *

Alexander entendit Megan entrer dans la bibliothèque mais n'en montra rien, restant debout devant les portes-fenêtres qui donnaient sur la terrasse.

— La plupart des parents viennent chercher leurs enfants vers 18 heures, dit-elle en entendant les cris des bambins survoltés. La maison va bientôt retrouver son calme.

Il lui jeta un regard, notant son élégance, tandis qu'elle s'asseyait dans un fauteuil proche.

— La pluie a cessé, observa-t-il d'une voix doucereuse.

— Quel soulagement! La cour de récréation devenait une véritable mare et nous avions bien du mal à amuser les enfants à l'intérieur.

— Je me demande... dit Alex en se plantant devant elle. Espérez-vous que nous devenions amis?

— J'espère surtout que nous ne devenions pas ennemis, mais je subodore que tout cela dépend de votre degré d'entêtement...

15

Il fut surpris par son sens de la repartie et son esprit battit la campagne, imaginant la jeune femme nue, son corps ployé sous le sien. Il serra les dents et marmonna :

– Sous vos airs de pimbêche, vous devez être de la dynamite au lit.

« Vous aussi, cher Alex, pensa-t-elle, mais je ne jouerai pas votre jeu, cela n'a rien à voir avec la raison de notre rencontre. »

– Pourquoi vous êtes-vous pliée aux exigences d'un vieillard sénile ? reprit-il sèchement.

– Je vous l'ai dit, c'était un ami.

– Et qu'est-ce que cela vous apporte ? fit-il sceptique.

– Pléthore de problèmes, répliqua-t-elle sèchement en repensant à la paperasserie sans fin envoyée par l'avocat à Alexander pour qu'il daigne venir plus d'une année après la mort de Stanton. Et sans doute à cause de la lettre qu'elle lui avait envoyée personnellement.

– Alors pourquoi assumez-vous cette charge ?

– Parce que je l'aimais beaucoup, avoua-t-elle. Et que je lui en avais fait la promesse.

Soudain l'idée que Megan Montgomery ait pu manipuler le vieil homme lui traversa l'esprit, mais il la chassa aussitôt.

– Bien sûr, vous tenez toujours vos promesses !

– Oui, pas vous ?

– Quand j'en fais... si.

Elle l'observa attentivement. Avec son expression cynique et la force contrôlée qu'il dégageait, Alexander Wyatt ressemblait à un félin prêt à sauter sur sa proie. Tandis qu'il se dirigeait vers le bar situé devant la monumentale bibliothèque contenant des milliers de volumes, elle lui demanda avec une ironie non dissimulée :

— Vous êtes plutôt homme à éviter les promesses, je pense ?

— En effet.

— Vous n'accordez que rarement votre confiance ?

— Très rarement, marmonna-t-il en se servant un cognac. Votre lettre a piqué ma curiosité !

— Si j'avais su cela, j'aurais écrit avant, répliqua-t-elle ignorant volontairement le ton mielleux qu'avait pris sa voix.

Megan se releva et vint se servir quelque chose au bar. La soie de sa robe moulait son corps à chacun de ses pas. Elle sortit du réfrigérateur une bouteille de vin blanc entamée et s'en servit un verre. Avant de trinquer, elle lança :

— Tout ceci est vraiment ridicule, ne sommes-nous pas du même bord ?

— A-t-il été votre amant ? demanda-t-il d'un ton rendu agressif par le froissement de la soie contre le corps de la jeune femme.

Megan manqua d'en renverser son verre.

— Il a été quoi ? cria-t-elle hors d'elle-même.

— Avez-vous couché avec lui ? précisa-t-il.

— Mais il était comme un grand-père pour moi ! protesta-t-elle, choquée. Comme vous êtes pervers ! Oser seulement imaginer ce genre de chose...

— Ce genre de chose... arrive parfois, observa-t-il tandis qu'il percevait le parfum de lilas sauvage qui émanait d'elle.

— Sans doute dans votre monde, pas dans le mien. Ôtez-vous cela de l'esprit et écoutez-moi bien, parce que je ne répèterai pas : Charles Stanton fut mon voisin et mon ami. Il était très seul et payait très cher ses moments d'orgueil. Il avait été contre le mariage de vos parents et son fils unique mourut jeune. A la fin de sa vie, Charles compris qu'il vous avait privé d'un père et d'un foyer. Alors il essaya de réparer trente-cinq ans d'erreurs, mais il était trop tard. Vous refusiez de le voir. Et même s'il comprenait votre attitude, il en fut très malheureux.

— Hériterez-vous de quelque chose? insista Alexander.

— Vous êtes l'unique héritier, précisa Megan avec un mépris non dissimulé.

— Vous devez être désappointée...

— Je ne crois pas avoir rencontré quelqu'un d'aussi cynique que vous! J'ai de... la peine pour vous.

Une petite veine palpita sur la tempe d'Alex. Il posa brusquement son verre de cognac et se saisit de celui que la jeune femme tenait, le vin blanc coula le long de leurs doigts, et avant que Megan ne puisse réagir Alex l'attira à lui.

— Gardez votre pitié. C'est un sentiment inutile. La seule chose valable en ce bas monde est le pouvoir!

— Mon Dieu, comme vous devez être seul!

— Qu'est-ce que cela peut vous faire! lança-t-il,

le regard froid. Mais qu'est-ce que cela peut vous faire!

— Je me préoccupe de vous parce que je l'ai promis à Charles. Et je tiendrai ma promesse, même si cela vous coûte. Charles a voulu se racheter en vous léguant tout ce qu'il possédait, tout ce qu'il avait créé durant sa vie.

— Que le diable vous emporte!

Elle le regarda, plein de fureur, si séduisant... et ses émotions remontèrent à la surface. Elle l'entendit siffler encore entre ses dents : « Au diable », mais ces mots lui apparurent comme une caresse. Son cœur battit la chamade, une douce chaleur l'envahit et elle rougit.

— Alex, murmura-t-elle. Je devine que tout ceci n'est pas facile pour vous.

Elle posa ses mains sur son torse puissant et sentit ses muscles sous la chemise. Son souffle s'accéléra.

Alex resserra son étreinte sous l'empire de la colère qui l'habitait. Charles Stanton ne connaissait que la cruauté et les manipulations, il ne pouvait être devenu un être de clémence sur ses vieux jours! Un éclair de violence traversa son regard. Megan n'en ressentit aucune peur, seulement une immense compassion.

— Vous me trouvez dur, n'est-ce pas? lui murmura-t-il à l'oreille.

— Non, plutôt grossier. Vous rendez les choses difficiles.

— Je suis seulement franc.

Megan continua de le fixer dans les yeux avec

calme et cela exaspéra le jeune homme qui la saisit par les hanches pour la maintenir serrée contre lui.

— Que savez-vous exactement de moi? lui demanda-t-il suavement tandis qu'il s'enivrait du parfum de lilas sauvage qu'elle dégageait.

— J'en sais bien assez. Mais tout ceci n'a rien à voir avec vous ou moi, encore moins avec nous.

Ses genoux tremblaient. Une folle envie de lui l'envahit. Elle devait résister, elle avait une mission à remplir et une promesse à respecter.

Alex lui murmura à l'oreille :

— Megan Montgomery, j'ai envie de vous.

2

ALEXANDER, sans autre forme de procès, s'empara des lèvres de la jeune femme. L'alchimie incomparable que Megan avait pressentie naquit de ce contact violent. Alex l'embrassait avec intensité, faisant ainsi passer l'émotion qui l'habitait ainsi que l'embrasement de tous ses sens.

Complètement abasourdie, la jeune femme ne pouvait faire un geste. Elle ne répondait pas à cette avance. Elle restait tout simplement là, assaillie par ce désir infernal qu'elle sentait naître en elle, torturée par l'odeur musquée qui se dégageait de lui, en un mot, bouleversée par ce baiser profond, infini.

Sans se soucier de son approbation, Alex continuait de l'embrasser avec toute la violence dont il était capable, plein d'une fureur qu'il ne pouvait contrôler et dont il ignorait l'origine.

Megan se raidit, combattant enfin cette chaleur sournoise, cette excitation qui la possédait. Elle retrouva son sang-froid, cet instinct de protection qui avait bien failli être saccagé dans la tourmente.

Alex, sentant sa résistance, se recula. Un sourire plein de séduction aux lèvres, il laissa tomber :

– Voilà enfin quelque chose qui nous concerne.

– Cela ne nous concerne en rien... Rien du tout, persifla-t-elle.

– Ne vous voilez pas la face, ma chère. J'ai bien senti votre trouble.

Megan rougit.

– Cela n'a rien à voir avec ma mission. Vous êtes là pour entrer en possession d'un héritage qui concerne notre communauté et je l'espère, pour retrouver les traces d'un passé qui n'est peut-être pas aussi négatif que vous le pensez. Et dites-vous bien, Alex, que je ne fais pas partie de votre héritage!

– Mon passé ne m'obsède pas, répondit-il sèchement.

Son ton de voix sonnait faux, et elle pressentit avoir découvert une faille dans son système de défense.

– Vraiment ? demanda-t-elle ironiquement. Charles est mort, aussi ce qui va arriver maintenant dépend entièrement de vous. Il ne pourra plus vous blesser, c'est certain, mais si vous laissez le passé vous obséder, vous finirez aussi solitaire qu'il l'a été. Ne vous leurrez pas, la vraie richesse de cet héritage est dans l'opportunité que vous aurez de comprendre le verbe posséder. Je crains que vous en ignoriez le véritable sens. Ne pourrions-nous déclarer une trêve et travailler de concert, ou préférez-vous vous apitoyer sur vous-même pour le restant de votre vie, sous le fallacieux prétexte de n'être que le petit bâtard de Charles Stanton?

Alex se contracta. De tout temps, les rares personnes au courant des circonstances de sa naissance évitaient soigneusement d'en parler. Ce statut d'enfant illégitime ne lui avait apporté que honte et solitude.

— Vous avez raison, ricana-t-il. Je ne suis qu'un bâtard et un bâtard sans cœur. Demandez à tous ceux qui ont eu la joie de travailler avec moi. Je me moque totalement de Charles Stanton et de ses désiderata. Je n'ai aucune envie de faire partie de cette petite ville de province qui se permet d'idôlatrer un être que, personnellement, je déteste. Ma vie est à Saint-Louis, alors expliquez-moi quel besoin ai-je des largesses tardives d'un vieil homme aigri? Si je suis venu à Maryville, c'est dans l'intention de renoncer à cet héritage. Voilà. Une autre question?

Megan encaissa le choc. Elle reprit sa respiration et se dirigea vers les portes-fenêtres. La jeune femme posa son front sur une des vitres, essayant vainement de réprimer les battements sourds de son cœur, de surmonter le malaise qui l'envahissait.

Un long moment s'écoula avant qu'elle ne trouve la force de le regarder en face et de prononcer :

— Cela va prendre un certain temps de préparer les documents.

— J'ai tout le temps.

— Peut-être aimeriez-vous faire le tour de tout

23

ce à quoi vous renoncez, pendant que le juge fait le nécessaire.

Alexander haussa les épaules d'un air insouciant.

— Il faudrait que vous preniez connaissance des papiers personnels de votre oncle.

— Brûlez-les.

Megan retint un hoquet de surprise.

— Et sa maison? murmura-t-elle, à bout d'arguments.

— Sa maison?

Elle acquiesça.

— Je n'en veux pas.

Cette dernière phase assomma littéralement la jeune femme. Comment pouvait-on refuser ainsi les symboles de la réussite de Charles Stanton? Comment pouvait-on ignorer ainsi l'importance d'un passé qui était la base de son présent, et surtout de son futur.

— Aimeriez-vous rester dîner? lui demandat-elle. Je sais que ma proposition n'a rien d'excitant, mais nous avons encore quelques détails à régler.

Pour toute réponse, Alex fronça les sourcils et Megan retint sa respiration, attendant qu'il se décide. Tellement de choses dépendaient de son bon vouloir. Elle adopta une attitude plus réservée, prenant sur elle-même pour ne pas lui montrer qu'elle avait les nerfs à fleur de peau, et reposa sa question:

— Alex, dînerez-vous avec moi?

— Pourquoi faire?

— Je pensais que vous pourriez avoir faim.

Il lui lança un regard attisé qui eut le don de troubler Megan. Elle balbutia :

— Je ne parlais pas de sexe. Je parlais de deux adultes partageant le même repas, c'est tout!

— Vous mentez, jeune fille.

— Je ne crois pas.

— Ne jouez pas les saintes nitouches, cela ne vous va guère.

— Vous savez, ce n'est qu'en désespoir de cause que je vous ai écrit. Notre homme de loi avait vainement tenté de vous attirer ici, vous n'aviez répondu à aucune de ses lettres. Il fallait bien que je m'en mêle. Qu'auriez-vous fait à ma place?

Alex ignora sa question et lui demanda sèchement :

— Votre lettre impliquait que mon attitude mettait en danger votre communauté mais apparemment Maryville se porte bien.

— J'essayais, il est vrai, de faire appel à vos bons sentiments.

— Vous avez surtout essayé de me culpabiliser, soyez honnête!

La jeune femme hocha la tête d'un air contrit.

— Vous avez raison. J'espérais que les instincts humanitaires de votre grand-père étaient héréditaires.

— Humanitaire! Mon grand-père... Je n'en crois pas mes oreilles, ricana-t-il.

— Vous n'êtes qu'un butor.

— Sans aucun doute, et vous une petite idiote.

— Pas si idiote, puisque j'ai réussi à vous faire venir!

– Je n'ai rien à voir avec Charles Stanton, mettez-vous ça dans la tête, une fois pour toutes! hurla-t-il.

– Vous lui ressemblez, vous parlez comme lui, vous avez les mêmes manies, les mêmes traits de caractère, lui lança-t-elle, ignorant l'orage qui couvait dans le fond de ses yeux. Il était responsable et humain et vous pouvez continuer de croire ce que vous voulez de votre grand-père, mais les preuves de sa générosité et de sa gentillesse naturelle abondent. Malgré son orgueil, malgré son intransigeance sur certains points et sans doute à cause de son sentiment de culpabilité à votre égard, il était attentif à autrui. Comme je suis certaine que vous l'êtes aussi... Mais vous êtes trop borné pour l'admettre!

– Inutile de spéculer sur mes éventuelles intentions, jeune fille. Quant à mon aïeul, il n'était attentif qu'à ses propres besoins, allant jusqu'à exercer son pouvoir sur la vie des êtres qui l'entouraient.

– Si vous n'avez aucun sentiment, pourquoi n'avoir pas jeté ma lettre au feu?

– Vous avancez sur une très fine pellicule de glace, Megan. Attention!

– Je sais. Ne pourrions-nous cesser de nous disputer?

Alexander s'approcha d'elle à la frôler. Megan ne recula pas et soutint son regard.

– Comme je vous l'ai dit, j'ai le temps mais ne vous y trompez pas. Ma patience, elle, a des limites et je n'apprécie pas qu'on me mente, qu'on

26

me manipule. Vous devriez réviser votre tactique, c'est un conseil.

– Mes motivations ont toujours été honnêtes! protesta-t-elle.

– Vos motivations me semblent éminemment suspectes.

Elle posa sa main sur son bras et murmura :

– Personne ne vous veut du mal, Alex, et moi moins que personne. Si vous ne pouvez trouver au fond de votre cœur une seule bonne raison d'accepter l'héritage de Charles, essayez au moins de donner une chance à Maryville. Il le faut! supplia-t-elle.

– Des obligations, maintenant! Megan, ce n'est pas mon genre.

Elle enleva sa main et la posa doucement sur la joue d'Alex. Sentant la tension qui l'habitait, elle tenta de puiser la force nécessaire pour le calmer. Elle subodorait qu'il rejetterait toute forme de compassion.

– Ne vous mettez pas en colère, cela n'arrangera rien.

Il résista à sa gentillesse.

– Alors n'essayez pas de me séduire avec de fallacieux prétextes. Vous n'êtes pas de ma taille. Vous n'étiez pas née que j'excellais déjà à ce genre de jeu, Megan Montgomery! Je vous aurai prévenue.

Elle lui sourit, une lueur malicieuse dans le fond du regard.

– A vrai dire, je n'ai nul besoin de vous séduire, les gens de Maryville s'en chargeront pour moi.

Il s'empara de sa main et la porta à ses lèvres. Du bout de la langue il toucha le centre de la paume, la fixant intensément, notant le trouble qui s'était emparé d'elle.

Lorsque Megan frissonna, Alex en conçut une intense satisfaction et imagina qu'elle pourrait être une maîtresse digne de lui.

— Vous jouez avec le feu observa-t-il. Et vous en êtes consciente, n'est-ce pas?

Megan eut du mal à recouvrer sa voix.

— Et vous, vous essayez tous les moyens de me faire la cour.

— C'est une demande ou une constatation? répondit-il du tac au tac, d'une voix rauque et basse.

— Je refuse de répondre sans la présence de mon avocat, murmura-t-elle.

Enfin, il lui sourit, de ce sourire unique qui la bouleversait.

— Je vais vous aider: pourquoi ferais-je le moindre effort de séduction, alors qu'une telle alchimie existe entre nous deux?

Perplexe, elle hocha la tête.

— En êtes-vous si certain, vous, le maître ès-manipulation? Mais je ne vous crois pas cruel. Vous êtes assez intelligent pour saisir que je suis impétueuse et d'un caractère emporté, mais je n'ai rien d'une idiote.

Il recula d'un pas.

— Moi non plus, Megan Montgomery, moi non plus.

La jeune femme croisa nerveusement les mains,

avec la sensation de son étrange baiser encore présente en elle.

Tandis qu'Alex buvait une gorgée de son cognac, elle tenta de rassembler ses idées. Elle pensait sincèrement qu'il ne la blesserait ni n'abuserait d'elle, par contre ses propres réactions la laissaient perplexe. Elle se compara au papillon de nuit irrésistiblement attiré par la flamme.

Le seul homme qu'elle avait jamais aimé ressemblait en tous points à son père, facile à vivre, partageant les peines et les joies, en un mot, solide. Megan avait toujours su que ce genre d'homme était fait pour elle. Maintenant elle en était moins sûre.

Elle fixa Alex d'un œil pétillant.

— Que préférez-vous? Salade de fruits de mer ou restes de poulet?

Cela l'amusa, il rit :

— Pourquoi pas les deux? Je n'ai pas déjeuner aujourd'hui, confessa-t-il.

— Vous avez de la chance répondit-elle avec bonne humeur tandis qu'ils quittaient la bibliothèque et traversait le hall en direction de la cuisine. Ma mère me bombarde régulièrement de nourritures diverses, mon réfrigérateur en est plein. Après toutes ces années de célibat, je n'ai pas encore réussi à convaincre Mum que je suis un régime équilibré.

Alex l'observa tout en s'installant au bar qui séparait la cuisine du coin-repas.

— Quant à moi, vous me semblez extrêmement bien balancée!

Le ton de sa voix la fit rire et elle agita son index en signe d'avertissement :

— Soyez sage, sinon pas de dîner!

Sous l'œil attentif d'Alex, Megan sortit les assiettes, les couverts, les napperons et deux verres de thé glacé, mais avant de mettre la table sur le bar, elle lui proposa :

— Si vous le désirez, nous pouvons tout emporter dans le belvédère.

— Il risque de se remettre à pleuvoir...

Elle lui sourit malicieusement...

— Je vais vous confier un secret, j'adore la pluie, cela rend les choses plus belles. Et puis le belvédère est fermé comme une serre, le chemin est pavé. Tout est si calme là-bas... même au milieu du pire des orages.

Plus tard, une fois le dîner terminé, Alex se renversa sur sa chaise, étudiant les attitudes de Megan. Elle sitorait son thé glacé, assise en face de lui, l'obscurité les enveloppant comme un voile. Le belvédère n'était en effet éclairé que par un chandelier à six branches posé au centre de la table de jardin.

Habitué à jauger les gens, Alexander avait compris que sa suspicion première à l'égard de la jeune femme était infondée, en dépit du fait qu'elle ne lui avait pas dit toute la vérité dans sa lettre. Sensible, naïve, directe et malgré tout sensuelle, elle différait beaucoup de la gent féminine habituelle.

Il se rendit compte brusquement qu'il l'appréciait. Il aimait sa franchise bien qu'il ne partageât pas toujours ses opinions.

Elle avait raison, il n'avait aucune envie de prendre quelque avantage que ce soit sur elle.

— Vous êtes si calme, s'étonna Megan. A quoi pensez-vous?

Il pencha la tête d'un air pensif.

— A certaines idées fausses.

— Je ne comprends pas.

— Mes idées fausses sur les femmes du Sud, je les croyais faites de peluches et de dentelles.

— Très drôle! marmonna-t-elle. Vous décrivez des balles de coton ou des êtres humains?

Il haussa les épaules sans répondre.

— Les hommes d'ici comparent leurs femmes à des fleurs de magnolia, ne vous en déplaise, ricana-t-elle.

— Est-ce ainsi que vos amoureux vous appellent?

— Ah! vous parlez de ces types qui font le pied de grue devant ma porte tandis que nous bavardons...

Elle émit un doux rire avant de poursuivre.

— Mon père croyait que les hommes de Maryville étaient effrayés par ma force de caractère. Le reste de ma famille est moins tendre et m'a surnommée le bulldozer.

— Célèbre par votre manque naturel de tact, hum?

Elle rougit et se souvint des toutes premières minutes de leur rencontre.

— Les écoliers, eux, visiblement vous adorent.

— Je le leur rends bien.

— Pourquoi n'en avez-vous pas?

– Quoi? Des enfants?

Il aquiesça d'un air entendu.

– J'attends l'homme de ma vie répondit-elle.

– J'ai l'impression que vous avez déjà fait son portrait robot!

– En quelque sorte.

– Galahad, le preux chevalier, persifla-t-il.

– N'exagérons pas, je ne crois pas aux contes de fées, mais je crois en la bonté humaine et aux vrais rapports amoureux.

– Quelle belle conception! ironisa-t-il.

– De nos jours, cela paraît commun n'est-ce pas? protesta-t-elle.

– Je ne vous le fais pas dire. Maryville est un endroit prospère, quelqu'un aurait déjà dû vous conduire à l'autel! Pas de fiancé à l'horizon...

– Mon fiancé a été tué il y a cinq ans dans un accident de chasse.

– Je suis désolé.

– Pas autant que moi. Tom était un garçon épatant. Nous avions été élevés ensemble, nous sommes allés à la même école. Nous avons à peu près tout fait ensemble, dit-elle semblant soudain très vulnérable. Pourquoi ne suis-je pas morte en même temps que lui... une fois le choc passé, j'ai éprouvé une grande colère.

– Colère, pourquoi?

– Il m'avait abandonnée, précisa-t-elle. Et j'ai mis longtemps à lui pardonner.

Bien que surpris par cette candeur, Alex pouvait comprendre ce que l'on éprouvait à se sentir abandonné. Gêné, il bougea sur sa chaise.

— Je ne veux pas m'introduire dans votre vie privée.

— Cela ne me fait rien de parler de Tom. Je n'ai gardé maintenant que les bons souvenirs. Je suis très fataliste, les choses doivent arriver même si nous n'en comprenons pas toujours le sens.

— Quand avez-vous commencé d'enseigner ?

— Oh ! Il n'y a pas grand-chose à dire. Je suis née ici, il y a vingt-neuf ans, la troisième d'une famille de sept enfants tout à fait extraordinaire. Je n'ai quitté Maryville que pour aller au collège.

Elle empila les assiettes sales et les couverts sur le plateau.

— J'ai hérité cet hôtel particulier de ma grand-tante il y a cinq ans environ. J'étais déjà enseignante dans une école privée et Charles m'a suggéré d'ouvrir ma propre école.

Alex l'observa intensément quand il lui demanda :

— Est-ce que Stanton vous a aidée financièrement ?

Leurs regards se croisèrent et il lut dans celui de la jeune femme la déception que sa question avait provoquée.

— Oui, Charles a contribué mais pas de cette façon. Je sais, vous allez trouver cela dur à croire mais il venait chaque après-midi faire la lecture aux enfants. Les petits l'avaient surnommé...

Sa voix se brisa sous l'émotion et ses yeux se remplirent de larmes.

— Megan, je ne veux pas...

Elle agita nerveusement la main pour le faire

taire. Dans le silence qui suivit, elle s'éclaircit la gorge et essuya furtivement ses larmes.

– Laissez-moi finir. Ils l'appelaient grand-papa Stanton, ils l'aimaient... Charles leur donnait quelque chose de plus précieux que l'argent : son temps. L'école Primrose a fonctionné grâce au trust créé par ma grand-tante qui avait stipulé que je n'hériterais de cet hôtel particulier qu'à des fins humanitaires. Je ne pouvais en aucun cas l'utiliser comme résidence principale.

Il se leva brusquement.

– Il est temps pour moi de partir.

Un peu surprise, Megan répondit :

– Je vous demande d'excuser mon manque de tact. Je ne voulais pas vous rappeler de mauvais souvenirs, vous heurter en vous parlant en termes élogieux de Charles. Vous seul évidemment auriez dû recevoir cet amour... Je suis désolée.

Alex lui jeta un coup d'œil soupçonneux. Il rejeta la tristesse qui l'envahissait en se remémorant brutalement son enfance solitaire. Seul, sans personne nulle part qui se souciait de lui.

Il contourna la table, un masque d'indifférence étudiée sur le visage.

Aussitôt guidée par son instinct, Megan repoussa sa chaise et vint à lui. Elle tremblait à l'idée qu'Alex n'avait jamais connu de véritable amour. Doucement, elle posa ses mains sur sa poitrine, cherchant le mot exact qui puisse exprimer ce qu'elle ressentait.

– Alex...

– Non, Megan. Je sais ce que vous pensez mais

vous êtes dans l'erreur. J'ai voulu poser des questions et j'ai eu des réponses. De très bonnes réponses.

Il caressa le visage de la jeune femme du bout des doigts en appréciant la texture satinée, la beauté de ses longs cils et la profondeur de son regard.

— Je comprends votre point de vue, mais j'ai le mien et je ne suis pas près d'en changer.

— Ne soyez pas aigri.

— Je ne suis pas aigri, je suis réaliste.

— Vous ne savez pas ce que vous perdez, murmura-t-elle.

— Je n'ai rien à perdre.

— J'étais sincère en m'excusant tout à l'heure. Je ne voulais pas vous blesser, Alex.

— Vous portez votre cœur en bandoulière, jeune fille!

Vexée, elle tenta de se retirer mais il la prit par les épaules et la tint serrée.

— Regardez ce que vous avez fait, dit-elle faiblement.

— Je vois seulement une ravissante jeune femme, un peu trop émotive, un peu trop attachée aux gens qu'elle aime.

— Il n'y a rien de mal à cela.

Il eut un sourire glacial.

— Tout dépend de vos références... Beaucoup de gens rêvent et ne peuvent voir les autres sous leur véritable jour.

— Vous avez tort. Faites-moi confiance...

— Je ne vous ressemble pas, Megan la confiance

n'est pas instinctive chez moi. Je serais plutôt du genre à peser le pour et le contre très attentivement.

— La confiance s'apprend, insista-t-elle.

— L'abus de confiance aussi!

Il sonda son regard et n'y vit que sincérité.

— Si cela peut vous consoler, Megan, je vous crois.

— Oui. Mais cela n'a plus d'importance.

Il la relâcha, échappant ainsi à sa douceur et à sa sensibilité.

— Merci pour le dîner. Très agréable.

Megan sentit qu'il fuyait de nouveau mais elle refusa d'être négative et, avec un sourire, lui proposa :

— Je vous raccompagne jusqu'à votre voiture.

3

MEGAN accompagna Alexander jusqu'au hall d'entrée pour qu'il puisse récupérer son imperméable. L'humidité de l'air les surprit lorsqu'ils sortirent. Ils s'arrêtèrent devant la porte, en haut des marches, et se regardèrent sous le halo de la lanterne qui les éclairait d'une lumière blafarde.

— Vous désirez vraiment tout abandonner? demanda-t-elle à nouveau.

Il hocha la tête d'un air résolu.

Megan ouvrit la main, ostensiblement. Sur sa paume reposait un trousseau de clés.

— Elles vous appartiennent. La plus grande ouvre la porte principale de Stanton House. A part moi et la femme de ménage, personne d'autre n'est entré dans cette maison depuis la mort de Charles. Tout est resté tel quel.

Alex, de fureur contenue, fit craquer les jointures de ses doigts.

— Bon sang, mais vous n'écoutez jamais!

— Au contraire. J'ai parfaitement entendu ce que vous aviez à dire et aussi tout ce que vous n'avez pas dit. Un homme intelligent examinerait d'abord tout ce à quoi il renonce... Et je crois que vous êtes un homme intelligent. Où allez-vous dormir cette nuit? Pourquoi choisir un motel, alors que vous pourriez bénéficier du confort d'une somptueuse demeure, vous appartenant qui plus est?

— Megan, cessez!

— Il n'en est pas question.

— Votre famille vous a mal jugée. Vous n'avez rien d'un bulldozer, mais tout d'un missile sol-air!

Elle n'eut que le temps de l'attraper par le bras avant qu'il ne tourne les talons.

— Je n'ai plus le temps d'être subtile, mon cher!

Il la fixa d'un air furieux.

— J'étais d'accord pour rester quelques jours, à une condition : que vous arrêtiez de me manipuler comme vous le faites!

— Où allez-vous dormir? demanda Megan en s'efforçant de recouver son calme; discuter avec Alexander était comme marcher sur une fine pellicule de glace.

— A l'auberge, celle qui se trouve à la sortie de Maryville.

— Parfait. Comme cela tout le pays saura le pourquoi de votre visite.

Il faillit sourire de sa susceptibilité.

— Je me ferai passer pour un voyageur de commerce...

— Nous pourrions faire le tour de vos possessions demain, dans la matinée, proposa-t-elle obstinée.

38

De guerre lasse, Alex accepta. Il se refusait, plus longtemps, à lui tenir tête, cela relevait de « mission impossible ». Aussi proposa-t-il :

— Je vous prendrai vers neuf heures, si vous le désirez. Mais comprenez-moi bien cette fois, Megan, je ne vous laisserai plus m'importuner. C'est ça ou vous aurez affaire à mes avocats!

Megan comprit à son expression qu'il ne plaisantait pas.

— D'accord Alex, mais je persiste à croire que vous faites une erreur.

Elle sembla hésiter un moment, cherchant à lire sur son visage s'il ne restait pas l'ombre d'un espoir. Alors la frustration et le désespoir la gagnèrent, elle parvint à murmurer avant de s'enfuir :

— Bonne nuit.

— Megan!

Elle s'arrêta un instant et, sans se retourner, balbutia :

— Oui?

— Je ne devrais pas vous le demander, mais que se passe-t-il?

— Rien. Rien du tout, je suis juste un peu fatiguée. La journée a été dure.

— Ne me racontez pas d'histoires, dit-il en se rapprochant d'elle. Vous avez quelque chose sur le cœur... Vous voulez m'en parler?

— Je ne crois pas que vous soyez prêt à entendre cela.

Alex lui releva le menton et l'obligea à le regarder dans les yeux. Mais lorsqu'il vit les larmes qui voilaient ses pupilles, son sang ne fit qu'un tour. Il la saisit et la serra très fort dans ses bras.

Megan pleurait à gros sanglots. Les sanglots de sa défaite, pensa Alex, qui se gourmanda pour son soudain accès de sensiblerie, mais ce sentiment de compassion l'envahit à nouveau, chassant ses bonnes résolutions.

Megan mourait d'envie de se pelotonner contre lui. La chaleur de son étreinte lui procurait une sensation de bien-être et de détente. Les doigts d'Alex montaient et redescendaient en un lent ballet incessant le long de sa colonne vertébrale. Toute la tension occasionnée par leur dispute commençait à se dissiper.

Au lieu de méjuger la vulnérabilité de la jeune femme, Alex se mit à éprouver une certaine tendresse pour elle. Fait tout à fait incroyable, quand on connaissait la façon dont il avait traité les femmes qui avaient traversé sa vie. Soudain, il se rendit compte qu'il ne pourrait abandonner Megan, à l'instar des autres, ne serait-ce que pour les émotions proprement incroyables qu'elle faisait naître en lui.

Alexander décida d'oublier pour l'instant ses griefs contre Charles Stanton. Sans se mentir à lui-même, chose qu'il n'avait jamais fait en trente-cinq ans, il admit que Megan était pour quelque chose dans cette brusque décision.

— Vous sentez-vous mieux? lui demanda-t-il gentiment alors qu'elle ravalait un ultime sanglot.

— Oui, murmura-t-elle dans le creux de son épaule.

– Vous avez fait de votre mieux, Meg, mais vous ne pouvez gagner à tous les coups, n'est-ce pas?

– J'accepte mal les défaites, admit-elle d'une petite voix.

Elle regardait les clés d'un drôle d'air. Son honnêteté amena un sourire sur le visage buriné du jeune homme.

– Je l'aurais deviné! Et dès la première minute où je vous ai vue dans le hall avec les enfants.

– Cela vous choque?

– Que vous soyez une petite chose coriace? plaisanta-t-il.

Elle rougit.

– Non. Que je sois aussi acharnée.

– Tant que vous ne dépassez pas la mesure...

– Oh! J'ai enfin compris que je ne vous ferais pas changer d'avis.

– Eh bien, nous voilà d'accord sur une chose au moins!

Elle approuva, notant son regard perçant. Une flamme dansait dans le fond de ses yeux clairs, une flamme qui ne lui disait rien qui vaille. Elle ferait mieux de prendre quelques distances. Mais en avait-elle le courage?

Le ballet incessant des mains d'Alex avait repris, lui faisant perdre ses moyens. Elle gémit doucement de plaisir sous la pression de ses doigts.

– Vous avez un corps magnifique! dit-il d'une voix troublée par l'émotion.

Megan savait qu'elle ne devait pas encourager

Alex dans sa quête incessante, mais elle ne put s'empêcher de répondre :

– Et vous, des mains magiques ! Vous deviez être masseur dans une autre vie...

– Je ne crois pas, fit-il d'une voix cassée.

Le désir envahissait le jeune homme qui avait de plus en plus de mal à se contrôler, à le cacher. Megan reposait dans ses bras, les yeux clos, un sourire aux lèvres... Fasciné par son expression de bonheur, il sentit à nouveau un violent désir l'envahir.

– Vous êtes magnifique !

Lorsque Megan ouvrit enfin les yeux, il crut y lire la promesse d'une nature sensuelle. Il la serra un peu plus fort contre lui, persuadé qu'il pouvait à n'importe quel moment avoir le dessus sur elle, qu'elle ne demandait que cela.

– Vous en avez autant envie que moi, n'est-ce pas ?

Elle hocha la tête, sans fausse honte.

– J'ai toujours eu besoin de tendresse, plus que vous sans aucun doute !

Il lui jeta un regard surpris.

– Et vous vous êtes mis dans la tête de m'en donner ?

– Si vous le désirez... Mais vous laisserez-vous faire ?

– Peut-être... Tout dépend des circonstances.

Megan, brutalement, comprit les véritables motivations d'Alex. Elle pâlit. Comme elle était restée naïve !

– Vous vous amusez à un jeu dangereux, mon cher Alexander Wyatt...

« Que j'aimerai jouer à deux », pensa-t-il le corps tendu, les oreilles bourdonnantes.

— Mais nous vivons dans un monde dangereux, ma chère! répliqua-t-il en la serrant encore plus fort contre lui.

Il la saisit par la nuque, piqué par le chaud parfum de son corps, la douceur de ses cheveux, la fermeté de ses seins écrasés contre sa poitrine. Tout le self-control dont il était si fier avait totalement disparu.

Megan se dégagea et le fixa intensément. Nul doute qu'elle avait joué avec le feu, son visage se renfrogna. Alexander s'étonna :

— Ne me dites pas que je me suis trompé à ce point! Vous n'étiez que désir...

Megan posa un de ses doigts sur la bouche d'Alex pour en dessiner le contour, puis elle murmura songeuse :

— Vous avez des lèvres si sensuelles.

Alexander frissonna, essayant désespérément de retrouver son self-control. Il respira une grande bouffée d'air pur, et lança :

— Megan, j'ai tellement envie de vous.

— Je suis tout à fait à même de comprendre ce que vous ressentez...

— Alors? demanda-t-il plein d'espoir savourant à l'avance le goût de sa bouche et les courbes de son corps.

Prise entre le désir et la raison, Megan luttait. Puis la raison l'emporta et la jeune femme recula d'un pas, secouant la tête d'un air navré. Alex comprit aussitôt qu'il avait perdu, mais il n'en éprouva aucun dépit. Il ne voulait pas, au fond, la forcer. Ils restèrent un long moment sans parler, savourant le calme retrouvé.

– Merci, prononça enfin Megan en lui prenant la main.

– Pourquoi?

– De respecter ma décision. D'être un gentleman.

Ils marchèrent jusqu'à la voiture qu'il avait louée en arrivant quelques heures plus tôt. Alex lui lâcha la main pour chercher ses clés dans la poche de son pantalon.

– C'était la seule chose à faire, me semble-t-il.

– Bien sûr.

– Vous me plaisez, cela est un fait. Je peux attendre.

– Je sais. Je n'ai jamais caché que vous m'attiriez, mais nous ne sommes que des étrangers... Et je ne couche pas avec des étrangers. Ce n'est pas dans ma nature.

– Aussi troublée que vous soyez?

Elle acquiesça sans fausse honte.

– J'en déduis seulement que j'ai des besoins comme toute femme... Et qu'il y a très longtemps qu'un homme ne m'avait séduite. Mais cela ne veut pas dire que je sois prête à vivre une brève aventure. Je me respecte trop... Et je me connais trop. J'espère plus qu'une seule nuit lorsque je m'attache à quelqu'un.

Amusé par cette sortie, Alex ironisa:

– Ainsi vous vous attachez à moi?

– Absolument.

— Et que va-t-il découler de tout ceci?

— Rien, admit-elle à regret.

— J'en suis désolé... Je ne suis pour rien dans ce qui nous arrive.

— Pas plus que moi, c'est certain. Devons-nous laisser tomber?

Alex s'adossa à la carosserie, les jambes croisées... Il attira la jeune femme contre lui et la prit par la taille.

— Je ne crois pas qu'il faille laisser tomber... Réfléchissons.

— Le mieux pour ce soir est sans doute de nous souhaiter bonsoir.

Ils eurent un sourire de connivence. Dormir, pour Alex, était bien la dernière chose dont il avait envie.

— Je crains de ne pouvoir trouver le sommeil, admit-il.

— Essayez!

— Bien, Madame, dit-il en ouvrant sa portière.

— Et souvenez-vous combien je tiens à vous...

Il lui baisa la main avant de monter.

— Ce sentiment est partagé, jeune fille!

La lune diffusait une pâle lumière qui éclairait faiblement leurs visages.

— Alex, avez-vous jamais laissé une femme vous aimer?

— Je ne crois pas à l'amour, laissa-t-il tomber.

— Oh! Je suis navrée.

— Mais je crois à la passion, dit-il d'une voix rauque en la pressant contre lui sans ménagement.

Son cynisme la troubla. Elle tenta de l'analyser, mais en vain, aussi essaya-t-elle de le calmer.

– Pour ma part, dit-elle suavement, je serai plus nuancée... Je ne crois pas qu'il y ait aucune vulgarité dans ce que nous ressentons l'un pour l'autre.

Sa candeur et sa gentillesse remplirent Alex de confusion. Ne sachant quoi répondre, il préféra la fuite et, la repoussant fermement, il fit mine de monter en voiture.

– Pourquoi êtes-vous embarrassé? Je ne le suis pas...

Furieux d'être ainsi mis à jour, Alex explosa :

– Bon sang! Ne pouvez-vous ressembler aux autres femmes!

– Papa dit que c'est génétiquement impossible, répondit-elle avec un sourire destiné à le désarmer. Les filles Montgomery sont d'une race très particulière, incapable de démission.

Alex jura dans son for intérieur.

Interloquée, Megan préféra garder le silence. Après mûre réflexion, elle s'en remit à sa tactique première : la gentillesse. Aussi lui caressa-t-elle la joue. Ses doigts pouvaient sentir la rudesse de sa barbe. Elle percevait l'odeur de vétiver qui émanait de lui et toute la force de sa personnalité.

Pour toute réponse, Alex lui saisit le poignet et embrassa la paume de sa main, d'un baiser lent, appuyé, sensuel.

Megan sentit ses genoux se dérober sous elle. Elle n'eut qu'un désir, lui caresser les cheveux, sentir de nouveau ses lèvres chaudes et douces...

– Puis-je vous donner un baiser de bonne nuit?
proposa-t-elle timidement.

– Si vous n'avez pas peur des conséquences!

Elle lui sourit avant de s'emparer doucement de sa bouche. Alex se laissa faire cette fois-ci, ne prenant aucune initiative.

Il savoura cette façon, à la fois timide et hardie, qu'elle avait de l'embrasser. Il sentait le léger tremblement qui agitait son corps de déesse, et il comprit l'excitation qu'elle éprouvait à donner de l'amour à un homme qui en refusait l'idée même. Et quand Megan, enfin, se recula, il lui demanda :

– Avez-vous eu ce que vous vouliez?

Elle acquiesça, prit une grande inspiration, et répondit :

– Il est tard. Nous nous verrons demain matin.

Sans un mot de plus, Megan emprunta le chemin qui menait à la maison.

– Megan?

Elle s'arrêta, mais ne se retourna pas.

Alex comprit qu'il devait la laisser partir, mais il ne put s'empêcher de courir derrière elle. En la prenant par les épaules, il sentit le tremblement qui secouait tout son corps.

– J'avais raison, le satin de votre peau cache de la dynamite. Si cela peut vous consoler, Megan, j'éprouve un sentiment indéfinissable pour vous, et je ne crois pas qu'il soit de nature volatile.

Toujours sans se retourner, la jeune femme murmura entre ses dents :

– Bonne nuit, Alex.

Bien après qu'elle eut refermé derrière elle la

lourde porte d'entrée, Alex resta, là, sur le chemin, à méditer. Ses pensées vagabondaient, mais les premières gouttes de pluie eurent raison de son trouble. Forcé de rentrer dans sa voiture, il décida tristement de regagner son auberge.

Son cher instinct, qui ne lui avait jamais fait défaut en tant d'années, lui conseillait de remettre toute l'affaire entre les mains de ses avocats, mais son cœur, son pauvre cœur, si négligé ces derniers temps, lui ordonnait de rester à Maryville.

Peu avant que l'aube ne surgisse, Alex, ayant abandonné toutes velléités de dormir, décida qu'il s'accorderait un autre jour.

4

LE lendemain matin, vers neuf heures. Alexander roulait en direction de l'école Primerose. Lorsqu'il y arriva, Megan en sortait, vêtue d'un pantalon à pinces bleu-marine, d'un blazer et d'un tee-shirt blanc. Elle rayonnait de santé et de vitalité, et tenait un grand sac de paille tressée à la main.

Megan s'arrêta un instant pour consoler un enfant en pleurs, assis sur une des marches de l'escalier. Elle posa son sac et prit la petite fille dans ses bras pour la câliner.

Alex, bien qu'incapable de comprendre pourquoi l'enfant pleurait, vit par contre que cette dernière portait une confiance aveugle à la jeune femme, lui laissant sécher ses larmes, et la ramener à l'intérieur de l'école, sans protester.

Cette tendresse innée que Megan donnait sans compter raviva les souvenirs d'enfance d'Alex. Il ne put s'empêcher de la comparer à l'indifférence maternelle qui avait été son lot, petit garçon. Sa mère le tolérait, sans plus, le considérant comme un vivant rappel de l'abandon de son fiancé.

Alex grandit empreint d'une prudence et d'une réserve circonspectes. Il avait, très tôt, ressenti ce rejet maternel, et en avait beaucoup souffert.

Il était devenu introverti, n'avait jamais plus eu confiance en personne, avait pris la moindre marque d'amitié comme une attaque personnelle, en un mot, il était devenu un être associable.

Alex avait su caché sa vulnérabilité et son humiliation sous une façade de hargne permanente qui faisait fuir toute personne croisant sa route. Tout événement positif, toute pensée heureuse déclenchaient chez lui un profond dédain qu'il traîna tout le long de son adolescence dans les rues de Détroit.

L'étiquette de « petit bâtard » lui colla à la peau pendant les seize années qu'il vécut avec une mère sans espoir, et seule sa mort le libéra.

Aussitôt, il décida de partir en auto-stop vers le Sud, un peu à l'aventure. Il fut blessé, volé et laissé pour mort par un gang de blousons noirs dans les faubourgs de Saint-Louis. Le shérif du comté qui le ramassa le conduisit à l'hôpital, paya les soins prodigués, et finalement lui offrit de travailler pour lui durant sa convalescence. mais en échange, il lui dressa le poil, l'obligeant à se montrer civilisé.

Alex, qui pourtant ne supportait aucune forme d'autorité, trouva un certain réconfort dans la compagnie de son mentor, le shérif Daniel Cheney. Une belle amitié se développa entre le vieil homme et lui, qui lui redonna le goût de la vie, et l'envie de se tailler une place au soleil.

Armé d'une licence en droit des affaires que Cheney l'avait obligé à passer, et d'une certaine propension à croire qu'il ferait un jour le tour du monde, Alex ouvrit une agence de voyages, la Wyatt Travel. Quelques années plus tard, son vieil allié étant mort d'une crise cardiaque, il s'essaya dans l'assurance-vie.

Tel un loup solitaire, Alex se consacra à ses affaires qui, bientôt, prirent une formidable extension. Il créa sa propre holding, la Cheney-Wyatt Internationale, en hommage à son mentor. La réputation d'homme d'affaires d'Alex ne fut plus à faire. Pris dans le tourbillon de son travail, et sa rage de vaincre, il fut, très vite, à la tête d'une chaîne internationale d'agences de voyages. A trente ans, il coiffait l'industrie des loisirs.

Ce flot de souvenirs fit pousser à Alexander un profond soupir, et il sursauta lorsque Megan ouvrit la porte de la voiture, jeta son sac à l'intérieur et s'assit avec agilité à ses côtés.

— Coucou! Vous semblez être à des millions de kilomètres de là... dit-elle en accrochant sa ceinture de sécurité.

Il hocha la tête d'un air absent.

— Oui... En effet.

Il démarra avant de demander :

— Quel est le programme pour ce matin?

— Nous allons commencer par une visite de Maryville, suivie d'un déjeuner, puis nous rencontrerons Tyler Dunwoody.

— L'avocat de Stanton, je présume?

— Exact. Ce matin, il plaide, aussi n'ai-je pu

obtenir le rendez-vous que pour quatre heures. Juste après notre pique-nique, c'est parfait.

Alex cacha sa surprise sous un masque d'indifférence parfaite, et continua de conduire à travers les faubourgs de la ville, avec ses grandes demeures entourées de vastes parcs abondamment fleuris et clos de haies impeccablement taillées. Aux faubourgs succédèrent les quartiers plus commerçants, et Alex se reprit à penser à son enfance pauvre et solitaire si loin de cette richesse tranquille.

S'arrêtant au stop, il espéra une indication de Megan sur la route à suivre et, intrigué par son silence, s'aperçut qu'elle le fixait sans mot dire.

— Droite ou gauche? questionna-t-il.

— Gauche, répondit-elle embarrassée.

Elle reporta son regard sur la route, se gourmandant intérieurement de s'être laissé, une fois de plus, subjuguer par le profil et la silhouette d'un Alex si viril dans son polo noir et son pantalon de lin assorti.

— Je tiens à vous montrer les filatures Stanton, la seule industrie de la région à employer autant de monde.

— Je n'en doute pas. Le vieil homme, assurément, aimait à placarder son nom sur la moitié de la ville!

— Sa famille — votre famille, devrais-je dire — a fondé cette ville peu après la guerre d'Indépendance. Il est normal alors de trouver un parc, des terrains de sport, quelques immeubles et bon nombres de rues portant un des noms de la lignée Stanton, non?

Le passé, un passé qu'il ne connaissait pas, submergea Alexander d'une façon qu'il n'apprécia guère.

— Tant qu'ils y étaient, ils auraient dû aussi baptiser la ville de leur nom! Stantonville, cela sonne bien...

— Mary Halloran, la fille d'un avocat qui trouva la mort durant cette fameuse guerre, fut la première épouse du premier Stanton qui s'installa ici, précisa Megan quelque peu amusée. Son mari, un de ces sales Nordistes profiteurs, eut la bonne idée d'appeler la ville du prénom de son épouse adorée... C'étaient vos arrière-arrière-grands-parents. Et me voilà en train de vous donner une leçon d'histoire sur un endroit qui vous appartient de plein droit...

Alex se crispa sur le volant, mais il réussit à contrôler sa voix pour changer de sujet.

— Tout à l'heure, je vous ai observée avec la petite fille sur les marches. Pourquoi pleurait-elle?

— Sa mère vient d'avoir un bébé. Elle se sent un peu abandonnée.

— Que lui avez-vous dit?

— Qu'il était normal de ressentir un brin de jalousie envers le nouveau venu, mais qu'elle se devait d'aimer son petit frère de tout son cœur.

— J'ai l'impression que vous parlez d'expérience!

— Bien vu! répliqua Megan en riant. Quand mes parents sont revenus avec une petite sœur, je l'ai troquée contre le cheval à bascule de ma meilleure amie! Et puis j'ai fini par surmonter ma jalousie...

Il sourit à l'évocation de cette histoire.

— Vous deviez être une enfant terrible.

— C'est ce qu'on m'a dit.

Alex gara sa voiture dans le parking bondé de la filature. Au moment d'ouvrir la portière, il se retourna, sentant la main de la jeune femme sur son épaule, et la fixa, attendant qu'elle parle.

— Alex! J'ai beaucoup pensé à ce qui s'est passé entre nous hier soir.

Il remarqua la rougeur qui avait envahi ses jolies joues et son regard embué. Elle avait l'air d'un bouton de magnolia. Alex dut faire un terrible effort pour ne pas la prendre dans ses bras. Il n'arrivait toujours pas à comprendre comment elle faisait pour faire naître en lui de pareils sentiments.

— Et à quelle conclusion en êtes-vous arrivée?

Elle hocha la tête devant son ton sarcastique, ayant admis une fois pour toutes qu'il n'était pas homme à montrer ses sentiments.

— Nous nous serions rencontrés dans des circonstances différentes, j'aurais aimé poursuivre cette relation. Vous m'attirez beaucoup...

Cette candeur le prit de plein fouet. Il marmonna:

— Alors?

— Alors rien. Je ne me contenterai pas d'une seule nuit avec vous.

— Pourquoi une seule nuit? Usez et abusez de moi, jeune fille!

Elle fut vexée par cette réplique cynique.

– Vous êtes odieux!

– Il ne fallait pas aborder le sujet, alors!

La voix de la jeune femme se brisa.

– J'essayais d'être honnête avec vous...

– Vous êtes tout sauf honnête! Vous vous trouvez mille et une raisons pour échapper à ce qui vous tente tant. Vous mélangez tout à plaisir... Notre attirance est une attirance physique, que vous le vouliez ou non! Et si elle doit être, elle sera explosive, intense... Faire l'amour n'est qu'un euphémisme puisque l'amour n'existe pas.

Megan, à ces paroles, se sentit détruite. Elle fit un gros effort pour lui prendre la main et lui répondre le plus doucement possible :

– Vous jouez avec nos émotions. Vous me refusez parce que je représente une partie de votre passé. Intellectuellement, je suis à même de le comprendre. Emotionnellement, cela me blesse. Vous êtes si sarcastique, si cruel!

Rendu furieux par cette fausse compassion, Alex se dégagea brutalement.

– Cela suffit! La discussion est close.

Incapable de cacher son désappointement, la jeune femme soupira, tandis qu'Alex s'extirpait de la voiture et claquait la porte. Les échos de sa colère remplissaient encore son cœur alors qu'elle pénétrait dans la fabrique.

Alexander marqua un temps d'arrêt devant l'entrée et la fusilla du regard.

– Nous ne sommes pas sur le divan d'un psychiatre, bon sang! Ce charabia marche peut-être avec vos écoliers en bas âge mais pas avec moi!

Megan, sous l'affront, devint rouge comme une pivoine. Préférant garder le silence, elle le précéda dans l'usine.

Alexander, en voyant sa pauvre petite figure, fut brusquement rongé par le remords. Il faillit la rattraper pour s'excuser mais c'était admettre qu'elle avait une emprise sur lui, et cela, il ne pouvait l'accepter.

Après avoir présenter Alex au contremaître qui leur distribua des protège-oreilles contre le bruit, Megan expliqua :

— C'est dans cet endroit que sont conçus et testés les nouveaux textiles. A côté se trouvent les bureaux du personnel dirigeant. Charles ne voulait pas se contenter de produire de simples balles de coton, il a voulu diversifier son industrie.

Elle lui désigna d'un geste de la main une grande vitre derrière laquelle s'activaient des ouvriers aux commandes de leurs machines.

— Charles avait vu trop de filatures fermer leurs portes à cause de leur manque d'imagination. Il s'est intéressé à la mode et a accepté de travailler pour des couturiers, par exemple. Les différentes techniques de teintures aussi l'ont passionné.

— Il avait un bon sens du commerce, admit Alexander.

— Il laissait à son personnel une grande liberté artistique. Ils avaient un superbe laboratoire d'essais. Les tissus Stanton sont vendus dans le monde entier, même les couturiers parisiens lui passent commande!

– Quels avantages avait-il donnés à ses ouvriers?

– Une participation aux bénéfices, une école pour leurs enfants, après cinq ans de présence. Les employés sont loyaux et forment une vaste famille. Certains sont là depuis des dizaines d'années.

– Impressionnant.

– Et rare en cette période de restructuration, précisa la jeune femme.

Pendant une bonne heure, Megan lui fit tout visiter, parlant peu, lui permettant ainsi de poser lui-même les questions essentielles. Elle put constater sa surprise devant les résultats de son grand-père, et lorsqu'ils se retrouvèrent dans le couloir, Alex s'arrêta un instant.

– Depuis quand les filatures Stanton existent-elles?

– L'année dernière nous avons célébré le cent vingt-cinquième anniversaire de leur création. Charles avait préparé les festivités mais il n'a pu y participer malheureusement. Il est mort avant. La première filature, en fait, avait été détruite par une tornade vers 1900, votre arrière-grand-père, Silas Stanton, était avec le président Roosevelt à Cuba lorsque cela s'est produit.

– Vous plaisantez? demanda Alex impressionné malgré lui.

– Absolument pas. Les Stanton ont toujours eu une sacrée influence. Enfin, quand Silas revint de Cuba, il décida de reconstruire la fabrique. Charles était son unique héritier, et quelqu'un capable de lui succéder. Ce qu'il a fait à la mort de Silas, peu avant la Seconde Guerre mondiale.

Alexander n'eut pas le temps de répondre qu'un bel homme d'environ trente-cinq ans venait à leur rencontre, souriant, la main tendue.

— Vous devez être Alexander Wyatt. Permettez-moi de me présenter : Paul Travers, vice-président Marketing.

Après un échange de poignées de main, Paul se tourna vers Megan et lui demanda sans façon :

— Comment as-tu trouvé Carrie ce matin ?

— Un peu perturbée, mais je crois qu'elle acceptera le bébé.

— Quel soulagement ! Kathy et moi nous faisons beaucoup de soucis.

— Tu devrais l'emmener seule avec toi au zoo ce week-end. Elle a perdu son identité et cela prendra quelque temps avant qu'elle ne la retrouve.

Alex comprit que cet homme et la petite fille entrevue ce matin même étaient père et fille. Paul Travers le regarda à nouveau.

— Tout le monde avait hâte de vous rencontrer... S'il y a des questions auxquelles je peux répondre, n'hésitez pas à me les poser. Je suis, enfin, nous sommes là pour vous aider.

Alex se contenta d'hocher la tête, partagé entre deux sentiments contradictoires, celui de trouver cet homme sympathique et chaleureux, et l'ennui de voir qu'il passait son bras autour de celui de Megan d'une façon fort familière.

— Vous ne pouvez avoir de meilleur guide que

notre amie, Monsieur. Elle connaît l'endroit comme sa poche, dit Paul en plantant un baiser sur la joue de la jeune femme.

Puis il s'éloigna dans le couloir, non sans avoir jeté par-dessus son épaule, d'un ton négligent, en voyant son air jaloux :

— C'est aussi une merveilleuse belle-sœur !

— Belle-sœur ? répéta Alex, se sentant totalement stupide.

Lui qui n'avait jamais ressenti la moindre jalousie envers aucune femme. Cela commençait bien...

— Que diriez-vous d'une tasse de café ? proposa Megan d'une voix doucereuse.

Alex la suivit sans mot dire, dans un sillage de lilas sauvage. Megan ouvrit la porte de la cantine et le brouhaha cessa.

L'atmosphère y était chargée d'excitation et de curiosité contenues. Hésitante, la jeune femme jeta à Alex un regard ennuyé. Mais ce dernier ne semblait pas le moins du monde troublé par cette foule.

— Asseyez-vous tandis que je vais chercher un peu de café.

Se frayant un chemin au travers des dizaines d'employés qui s'étaient levés elle ne mit guère plus de deux minutes avant de revenir s'asseoir auprès de lui...

— Maryville est un bel endroit dont vous pouvez être fier ! clama un jeune homme dans leur direction.

— Dans un mois, on va composer la nouvelle

équipe de football... Venez avec nous, proposa un autre.

– Je vous salue bien bas, Monsieur Alexander, fit un vieil homme dont l'âge de la retraite devait avoir sonné depuis longtemps. Le vieux Charlie Stanton est mort triste et seul... Cela nous a brisé le cœur de le voir ainsi, sans héritier de sa propre chair!

Megan crut sa dernière heure venue lorsqu'elle vit une vieille femme qui à son tour s'approchait d'Alex, une chaise à la main, dans la ferme intention de venir s'installer à ses côtés. Elle connaissait bien Sarah Winston, avec ses manières brusques et sa langue acérée.

– La beauté du diable! s'exclama cette dernière sans retenue en fixant le jeune homme dans les yeux.

– Si vous le dites, Madame, répliqua Alex passablement amusé.

– Tout le charme de votre grand-père! ajouta-t-elle en dodelinant de la tête. On se fiche dans cette ville de savoir si vous êtes un bâtard ou non... On est simplement content que vous soyez des nôtres maintenant. Alexander Wyatt, bienvenue! Vous êtes et vous serez toujours le portrait craché de votre grand-papa, et c'est une bonne chose. Vous savez, quand il était jeune, toutes les filles lui couraient après, moi la première!

– Ferme-la Sarah! Il se moque de tes histoires à dormir debout.

– Il ne s'en moque pas du tout, j'en suis sûre, protesta la vieille dame. Ce sont des histoires de

60

famille, pas vrai? Et qu'est-ce qui est le mieux placée que moi, sa secrétaire, pour les lui raconter? Quarante-cinq ans que j'ai travaillé pour lui. J'en connais des choses...

La majorité du personnel paraissait ennuyé par cette sortie. Mais lorsqu'Alex éclata de rire, ils parurent soulagés. Megan se prit à sourire.

Alexander était surpris de voir ces gens s'exprimer si librement en sa présence. Il s'aperçut qu'il en éprouvait un certain plaisir, lui qui s'était attendu à de l'hostilité, ou du moins à de la résistance de leur part.

Il se leva et serra gentiment les deux mains de la vieille dame dans les siennes. Puis il se pencha vers elle et lui donna un léger baiser sur sa joue parcheminée. Miss Sarah Winston rougit comme une jeune fille, et baissa les yeux.

– Si vous avez envie d'aller pêcher, faut appeler Jimmy Wainright, Monsieur Alex! ajouta un des employés avec un grand sourire.

C'était un homme entre deux âges, moustachu. Enhardi, il continua :

– Je connais les meilleurs endroits pour la truite. Et si vous vous posez des questions sur votre grand-père, venez me voir... Je vous donnerai une leçon d'histoire. J'ai comme l'impression que vous en avez besoin, non? Charles Stanton était un vrai chic type. Même avec tout son fichu orgueil... Vous comptiez pour lui, c'est moi qui vous le dis.

Un brouhaha suivit ces bonnes paroles et chacun voulut venir serrer la main du nouveau patron. Ils lui souhaitèrent la bienvenue avec chaleur et simplicité. Il reçut maintes invitations, maintes propositions. Pour aller à l'église, pour faire partie de diverses confréries. Pour passer à l'improviste si jamais il se trouvait dans les parages...

Alexander sentait l'émotion le gagner. Tant de chaleur humaine... Lui qui n'avait jamais connu cela, cela le bouleversait. A son corps défendant, bien sûr.

Le regard perdu dans le fond de sa tasse de café, il demeura pensif un long moment. Les ouvriers s'étaient dispersés. La plupart avaient regagné leur travail. Soucieuse, Megan finit par lui toucher la main, comme pour se rappeler à son bon souvenir.

Enfin Alex la regarda et laissa tomber :

— Vous m'avez bien eu, n'est-ce pas ?

5

IL n'y avait aucune colère dans sa voix, aucun reproche. Juste une sorte d'incrédulité. Cela troubla Megan.

— Je n'ai rien fait pour cela. Ce sont eux... Uniquement eux.

— Ah! la vie en province. C'est comme vivre dans un aquarium, non?

— Vous avez cette impression parce qu'étant le petit-fils de Charles vous devenez le point de mire.

Alex dégagea sa main, repoussa nerveusement sa tasse de café et frotta ses paumes l'une contre l'autre.

— J'ai l'impression d'être tombé dans des sables mouvants...

— Mais non! Vous faites l'expérience de la vie en communauté, c'est tout, l'expérience du retour à la source. Votre grand-père n'avait pas de secret. Comme la plupart des hommes de sa génération, il ne cherchait pas à cacher ses faiblesses.

Comme Alex ne répondait pas, elle continua :

— Les gens d'ici comprennent parfaitement

qu'il vous faut un certain temps pour vous adapter. Quand les dernières volontés de Charles ont été publiquement connues, on a su que vous étiez son petit-fils et unique héritier. Ses proches connaissaient l'affection qu'il vous portait, la fierté qu'il éprouvait de votre réussite. A tort ou à raison, les gens ont transféré l'affection qu'ils portaient au vieil homme sur vous. Ils sont sincères et loyaux... J'espère que vous comprenez maintenant pourquoi je suis si attachée à cet endroit.

D'un bond, Alex se remit sur ses pieds. Ce brusque mouvement renversa la chaise, et plusieurs personnes se retournèrent, étonnées.

– Excusez-moi, dit Alex en sortant.

Megan, quant à elle, décida de rester quelques instants. Elle voulait qu'Alex puisse se retrouver seul et réfléchir. Elle attendrait un meilleur moment pour lui présenter les responsables de l'usine. Elle but les dernières gouttes de son café et se leva.

Jimmy Wainright vint aussitôt à sa rencontre.

– Comment ça marche à l'école pour ma petite Amanda, Miss?

Elle ne put retenir une grimace.

– Oh! Je pense qu'elle est la meilleure artiste-peintre de la classe, surtout lorsqu'elle se sert de ses doigts!

Jimmy lança un bref coup d'œil par-dessus son épaule et dit à voix basse :

– Je crois que nous n'avons pas été très malins avec lui... Mais je suis sûr d'une chose, c'est qu'il a hérité du cran de son grand-père.

– Espérons-le, Jimmy! Espérons-le...

Un quart d'heure plus tard, Megan avait rejoint Alex qui l'attendait devant sa voiture. Il paraissait tendu, la tête baissée, les yeux clos. D'instinct, elle décida d'avancer doucement et de le surprendre.

Lui passant les bras autour de la taille, elle se pressa contre son dos. Curieusement, Alex ne refusa pas ce contact, au contraire, il posa ses mains sur celles de la jeune femme. Il se sentait plein de confusion, le monde avait basculé depuis qu'il avait quitté Saint-Louis la veille. Il avait passé sa vie à ne compter que sur lui-même, à dénier un quelconque besoin d'affection. Son travail lui avait tenu lieu de famille. Sa réussite l'avait amplement satisfait.

Habitué à la bulle qu'il s'était créée, il avançait sur des sables mouvants depuis vingt-quatre heures. Charles Stanton, Megan Montgomery et tous les habitants de Maryville représentaient exactement ce qu'il avait toujours fui, ce qu'il considérait comme la pire faiblesse, la vulnérabilité.

Plein de cette rancœur vieille de trente-cinq ans, il fit face à Megan. Il ne vit que la douleur qui emplissait son beau regard. Etonné, il ne put s'empêcher de lui caresser la joue, cette joue si douce.

Ses doigts suivirent le dessin de ses lèvres, ses lèvres si douces.

Megan cessa de respirer un instant. Puis retrouvant l'usage de la parole, elle murmura :

– Que regardez-vous?

Alex prenait à pleines mains la chevelure de la jeune femme, cette masse auburn qui encadrait son visage d'un halo magique.

– Vos cheveux semblent être de soie et vous... Vous n'êtes que lilas sauvage.

Les paroles d'Alex étaient si agréables, ses caresses si merveilleuses, mais la colère habitait encore le fond de ses prunelles. Et Megan pensa que cette dualité représentait exactement la personnalité d'Alex. Charme et cynisme. Hargne et gentillesse. Désir et froideur... Il fallait qu'elle fasse taire les vieux démons qui étaient en elle.

Alex se serra contre elle. Chaque parcelle de son corps touchait le sien, ne lui laissant rien ignorer de ce qu'il éprouvait.

Haletante, Megan le supplia :

– Alex!

– Ne dites rien, Megan. Je vous en prie.

Elle ne pouvait s'empêcher de fixer sa bouche dont elle connaissait si bien le goût. Un violent désir l'envahit comme un soleil chaud, balayant une partie de ses bonnes résolutions.

– Nous avons rendez-vous, murmura-t-elle comme ultime excuse.

– Rendez-vous? Mais je suis en vacances.

Lorsque les lèvres d'Alex touchèrent les siennes, elle ne put se retenir de gémir. Ils échangèrent un long, voluptueux baiser que rien ne vint troubler dans le silence de cette belle journée. Puis Alex, se rendant compte que les ouvriers quittaient l'usine pour aller déjeuner, préféra lâcher Megan. Mais personne ne paraissait faire attention à eux.

Leur attitude lui semblait curieuse. Il n'arrivait pas à croire à leur prétendue gentillesse. Son cynisme naturel le faisait plutôt pencher pour une façon d'être, totalement concertée, déterminée par des motifs bien précis. Quant à Megan, rien ne prouvait qu'elle n'agissait pas dans le seul but de le manipuler, elle aussi. Son prétendu désir ne s'exprimait peut-être que dans l'intention de l'amener à ce qu'elle voulait lui faire faire.

Profitant de ce qu'Alex regardait en direction de la filature, Megan proposa :

— Nous devrions aller pique-niquer, il est l'heure. Nous finirons par être en retard à notre rendez-vous.

Alex se dégagea rapidement pour lui ouvrir la portière et revint s'asseoir à sa place, sans protester. Tandis qu'il démarrait, il remarqua sèchement :

— Il est curieux de voir que chacun de nous obéit à d'obscurs motifs. Plus ou moins avoués. Si chacun y trouve son compte, tant mieux. Mais n'oubliez pas que je suis de la race des rapaces! Rien, ni personne ne vient à bout de moi, si je n'ai décidé de laisser faire...

Alex manœuvrait la voiture au milieu des ouvriers à vélo et des voitures en stationnement dans ce parking bondé. Il roulait doucement tandis que Megan triturait nerveusement le fermoir de son sac.

Au bout d'un long moment de silence pesant, elle finit par lui dire :

— Je vous répète que je n'ai jamais voulu vous

manœuvrer comme vous sembler le croire. Et que ces gens étaient animés des meilleures intentions du monde.

— J'aimerai vous croire, répliqua-t-il sèchement. Mais c'est difficile.

Elle étudia son profil et le trouva dur. Dur comme ses paroles. Il sentit son regard désapprobateur et fit un brusque geste de la main.

— Enfin, il est évident que chacun ici, à Maryville, est concerné. De mes décisions dépend leur avenir.

Megan n'apprécia guère l'amertume de sa voix.

— A priori, oui. Mais attendez d'avoir discuté avec Tyler. Oh! Et puis j'en ai assez de devoir toujours me justifier, m'excuser!

— Ne montez pas sur vos grands chevaux, jeune fille! Ce n'est pas le bon moyen d'obtenir mon amitié.

— Vous ne me donnerez jamais le bénéfice du doute, n'est-ce pas? répliqua-t-elle désabusée.

— En tout cas pas dans l'affaire Stanton.

Megan frisonna devant tant de froideur. Elle dut faire de gros efforts pour conserver son calme et son courage.

— Vous ne comprenez rien. Les gens d'ici ont, de tout temps, considéré Charles Stanton comme leur chef, le chef de la communauté, reconnu pour sa sagesse, son sens du devoir, ses qualités de dirigeant, et surtout son sens humanitaire. Ils aimaient vraiment Charles. Pout toutes ces qualités dont je viens de parler.

Sentant le conflit intérieur qui animait Alex, la

jeune femme choisit d'abandonner le tact pour la vérité pure et dure.

– Je vais être franche avec vous. Je commence à croire qu'il vous est vraiment impossible d'accepter les gens tels qu'ils sont. Vous ne concevez même pas qu'ils puissent avoir des émotions positives, comme la compassion, le sens de la loyauté et surtout l'amour! Ne me dites pas que votre vie a été aussi vide de sens...

Le visage fermé, Alex se gara en plein centre-ville, et ce ne fut que lorsqu'il eut coupé le contact qu'il daigna regarder Megan.

Durant une fraction de seconde, toutes les désillusions de son passé traversèrent son regard, mais très vite, il sut se ressaisir, l'œil froid et inexpressif.

– Notre rendez-vous n'est que dans trois quarts d'heure, précisa Megan.

– Je préfère y aller maintenant.
– Mais... Il ne sera peut-être pas là.
– J'attendrai.

Et d'un geste de la main, il coupa court à ses remarques. Sans un mot, il ouvrit la portière et Megan put le voir traverser la rue et entrer dans l'immeuble de l'avocat, droit comme un i, le regard fixe.

La jeune femme dut se rendre à l'évidence. Jamais Alex ne céderait, ne reviendrait sur ses positions. Il allait abandonner cet héritage. A son tour, elle sortit de voiture et se résigna à le suivre.

* *

Tyler Dunwoody?

L'homme un peu rondouillard qui étudiait avec attention le contenu d'un dossier posé sur son bureau Regency leva les yeux, et sourit à son visiteur.

– Vous êtes en avance, monsieur Wyatt, mais cela n'a pas d'importance. Asseyez-vous, je vous en prie.

Alexander prit place dans un des fauteuils de cuir qui faisaient face à l'avocat. Ce dernier fouilla dans la pile des dossiers en attente et finit par trouver celui qu'il cherchait.

Il toussota et dit en riant :

– Ce doit être joliment déconcertant d'avoir affaire à des gens qui ne connaissent que vous alors qu'eux-mêmes vous sont totalement étrangers, non?

– Bien vu! concéda Alex.

A ce moment-là, Megan entra à son tour dans la pièce, mais il ne daigna pas remarquer sa présence et tomba dans la contemplation du coûteux costume de Tyler Dunwoody. Il nota aussi le désordre apparent de la pièce et le regard d'aigle de l'avocat.

Megan marmonna une vague excuse et se laissa tomber sur l'autre siège. Mais autant Alex l'avait ignorée, autant Tyler sembla content.

– En avance aussi à ce que je vois. Quel plaisir pour moi! Mettez-vous à votre aise, dit-il en jetant

70

un coup d'œil vers son client. Nous avons une tonne de paperasserie à signer... Cela va prendre un bon bout de temps. Peut-être deux bons jours car l'héritage du vieux Charlie n'en finit pas!

– Cela ne sera pas nécessaire.

Tyler lui jeta un coup d'œil interrogateur avant de regarder Megan. Puis voyant cette dernière hausser les épaules d'un air défaitiste, il se recula confortablement dans son siège et croisa les mains sur son ventre. Il prit une expression bonhomme et attendit une explication.

– Je refuse l'héritage de mon grand-père. C'est tout. Vous n'avez plus qu'à faire le nécessaire.

L'avocat sembla digérer les propos d'Alex avant de répondre.

– Vous ne semblez pas réaliser qu'il n'y a aucun autre héritier. Vous êtes le seul bénéficiaire!

– Cela ne change rien à ma décision.

Tyler déglutit avec difficulté. Megan laissa échapper un murmure de protestation, vite réprimé par le regard incisif de l'avocat.

– Ce n'est pas aussi simple que cela, jeune homme! J'aime beaucoup l'état d'Alabama, mais pas assez pour voir une bande de bureaucrates envahir cette ville et savoir que des millions de dollars tomberont dans leurs coffres.

– Ceci n'est pas mon problème. Faites le nécessaire, Maître.

– Appelez-moi Tyler, je préfère. Je n'en crois pas mes oreilles. Je vous pensais bon homme d'affaires... Votre vœu est proprement inconcevable! dit-il et sans laisser à son client le temps de répondre il continua : il y a d'autres options bien plus valables. Nous allons les étudier.

Megan lança à son compagnon un regard plein d'espoir. Elle était contente que l'avocat soulève les questions économiques liées à ce refus.

— Inutile, Maître. Cela ne m'intéresse pas. Préparez le dossier de renonciation, s'il vous plaît.

— J'ai l'impression que votre fabuleuse réputation d'homme d'affaires est usurpée, jeune homme!

— Si cela vous arrange de le croire... J'ai été si souvent appelé « bâtard » que les insultes me semblent des compliments maintenant, répliqua Alex les yeux mi-clos tel un félin. Notez que j'ai aussi la réputation de ne jamais changer d'avis!

Tyler eut une moue sceptique.

— Cette discussion me rappelle celle que j'avais avec Charlie Stanton. Vous vous ressemblez... Il avait tendance à s'entêter lui aussi. Surtout lorsqu'il commettait des erreurs.

Megan laissa échapper un soupir devant la tournure que prenait cette réunion. Elle ferma les yeux et se massa doucement les tempes. Un sérieux mal de tête commençait.

— Nous agirons suivant votre désir alors, concéda l'avocat. Mais cela prendra du temps... même si je m'y mets tout de suite.

Tyler Dunwoody quitta son bureau et entreprit d'allumer un cigare. Il lui fallu cinq bonnes minutes pour trouver celui qui lui convenait, en couper le bout soigneusement et enfin l'allumer.

Alors seulement, il rejoignit son bureau, s'assit, et aspira voluptueusement quelques bouffées destinées à créer un superbe rond de fumée qui s'éleva lentement vers le plafond.

Enervé par la tactique évidente de l'avocat, Alex explosa.

— Je ne quitterai pas la ville tant que cette histoire ne sera pas résolue, mais cela ne veut pas dire pour autant que vous ayez la vie devant vous, cher Maître!

Tyler Dunwoody sourit béatement.

— Bien entendu...

Alex se leva sans autre forme de procès.

— Si vous avez besoin de moi, vous n'aurez qu'à me joindre à l'auberge des Trois Canards, celle qui se trouve à la sortie de la ville. Vous connaissez?

6

Le soleil brillait au travers des arbres et les oiseaux lançaient leurs trilles dans l'air embaumé de ce bel après-midi. Alex inspira à pleins poumons, le monde, ce monde, lui semblait enfin redevenu familier. Il se sentait soulagé d'avoir retrouvé ses marques. Malgré les relations tendues qu'il avait eues avec l'avocat, il savait que ce dernier n'avait pas d'autre choix que celui de lui obéir. Et, bien que ne partageant pas les mêmes idées, il ne pouvait s'empêcher de le trouver sympathique.

Alex contemplait le charmant petit ruisseau qui coulait dans ce vallon si loin des hommes et de leurs machines. Rien ne venait gâcher la perfection de cet endroit, pas même la table de pique-nique qui se trouvait à une bonne centaine de mètres de là. Ayant toujours vécu dans une grande ville, Alex découvrait avec émerveillement les beautés de la nature.

Son esprit faisait parfaitement abstraction des événements de la matinée, pour ne penser qu'à Megan, et à sa réaction, lorsqu'à la sortie de l'immeuble, il l'avait invitée à faire le pique-nique qu'elle avait prévu.

Alex revit son indécision, le flot de sentiments contradictoires qui étaient passés sur son visage. Maintenant que sa décision était prise, il pouvait enfin se montrer aimable avec elle. Il en était fort heureux car il ne désirait rien moins qu'être en sa compagnie, pouvoir l'étudier à loisir. C'était vraiment une jeune femme étonnante. Il la désirait. Il l'avait désirée depuis qu'il l'avait aperçue, couchée sur le sol de la salle de jeux de l'école, avec les enfants autour d'elle, criant et plaisantant.

Il comprit tout à coup que ce désir n'était pas seulement physique. Il mourait d'envie de connaître cette femme aux multiples facettes. Cette femme capable de se battre pour défendre ses croyances, capable de compassion, d'amour, de sensibilité et surtout de loyauté. Une femme qui lui donnait le fragile espoir que quelqu'un, enfin, se souciait de lui.

Quelqu'un capable de l'aimer pour lui-même et non pas pour ce qu'il possédait.

D'un pas tranquille, Alex regagna la table de pique-nique. Il sentait le doux regard de Megan sur lui.

Il s'assit à côté d'elle.

— Est-ce que cet endroit appartient à votre famille? C'est vraiment magnifique.

Megan regardait au loin, sans répondre.

— Est-ce un secret? demanda-t-il intrigué.

— Tout le monde a le droit de venir ici...

Il éprouva brusquement une certaine suspicion.

– Cette terre appartient aux Stanton, n'est-ce pas?

Elle acquiesça. Et d'un geste large désigna l'endroit, et plus loin encore, au-delà des collines et des bois.

– Oh! Ce n'est qu'une faible partie de ce à quoi vous renoncez... dit-elle tristement. C'est plus qu'une simple notion d'héritage, c'est le soin et l'amour qu'ont portés les gens d'ici aux propriétés de Charles depuis sa mort... Dans l'attente de votre venue. J'espérais...

– Qu'espériez-vous donc?

– J'espérais que vous sauriez vous servir du passé pour construire le futur. Que vous ne feriez pas supporter à une communauté entière la faute d'un seul homme, commise il y a trente-cinq ans, et qu'il avait tant regrettée à la fin de sa vie.

Il soupira, partagé entre ses propres opinions et la détresse ressentie par la jeune femme. Il comprenait son point de vue, mais ne voulait pas lui donner de faux espoirs.

– Je ne tiens pas les gens de Maryville pour responsables! Je voudrais uniquement n'avoir jamais entendu prononcer le nom de Charles Stanton. Je veux vivre ma propre vie, sans rien lui devoir.

Désemparée, Megan cacha sa tête dans ses mains.

– Je suis désolée. Je sais que vous êtes fatigué de tout ceci, mais en qualité d'exécuteur testamentaire, j'ai failli à ma tâche...

Alex lui ôta les mains du visage, doucement

76

mais fermement. Au lieu de la prendre dans ses bras, il lui désigna le bouquet de fleurs des champs qu'il avait cueilli au bord du ruisseau, et qui reposait sur la table. Elle eut un pâle sourire de remerciement, et saisit le bouquet à pleines mains, le serrant convulsivement.

– Vous allez leur faire mal, protesta Alex un peu surpris.

Megan desserra son étreinte.

– Vous aviez envie de m'étrangler tout à l'heure chez l'avocat, n'est-ce pas? demanda-t-il gentiment.

– En effet, cette idée m'a effleurée... Mais je vais beaucoup mieux, maintenant. Merci.

– Alors, parlons d'autre chose.

– J'aimerais bien... Le pouvons-nous?

– Je devine combien ma décision vous a déçue, mais je ne changerai pas d'avis.

Megan esquissa un sourire. Il était dur de faire contre mauvaise fortune bon cœur. Elle avait échoué dans sa tâche. Elle était tombée amoureuse d'un homme despotique, cynique, et qui avait élevé de hautes murailles pour cacher soigneusement une sensibilité dont il avait honte. Alexander Wyatt n'était pas vraiment l'amoureux idéal dont elle avait rêvé dans ses songes les plus fous.

Malgré tout cela, Megan continuait d'espérer.

– Vous savez, je n'ai jamais obligé les gens que j'aime à penser comme moi... Mais je ne suis pas contre ceux qui présentent un esprit ouvert, ironisa-t-elle.

– Donc vous admettez que notre histoire n'a rien à voir avec celle de l'héritage Stanton?

– D'une façon tout intellectuelle, je peux le concevoir, oui.

Alex fut soulagé. Pendant un moment, il avait eu peur de la perdre en renonçant aux possessions du vieux Charlie.

– Bien. Et que dit votre cœur, lui?

– Que vous êtes une des personnes les plus dangereuses que j'ai pu rencontrer, marmonna-t-elle en posant le petit bouquet dans une des timbales de carton préparées pour le pique-nique. Le déjeuner est servi. Avez-vous faim?

Alex s'assit à ses côtés et contempla avec envie l'assortiment de sandwiches, de gâteaux frais et la superbe salade de fruits.

– Dangereux, moi? répéta-t-il comme un écho.

Megan ne put s'empêcher de lui jeter un regard amusé.

– Je me sens comme Bambi marchant sur une fine pellicule de glace quand je suis avec vous... Passion, haine, indifférence... Je ne sais jamais ce que vous allez m'offrir!

– Je ne désire qu'une chose : mieux vous connaître, dit-il d'un ton pénétré.

Un peu surprise par sa brusque gravité, elle s'esclaffa :

– Mais vous me connaissez! Où est le problème?

– Où est la véritable Megan? Est-ce celle qui vous assomme de sentences toutes faites, du haut de ses vingt et quelques années?

78

– Vingt-neuf, précisa cette dernière en lui tendant une assiette et des couverts.

– Je répète, je ne connais presque rien de vous.

Megan ne répondit pas, cherchant visiblement quelque chose dans son panier de pique-nique, puis le servant d'un assortiment de sandwiches et lui versant un verre de limonade. Agacé par cette agitation soudaine, Alex lui saisit le poignet et lui dit :

– Cessez de remuer ainsi. Mes instincts de carnivore sont absolument sous contrôle, je puis vous l'assurer! Détendez-vous et répondez-moi.

– Que voulez-vous savoir exactement? répliqua-t-elle embarrassée.

– Ce qui vous fait pleurer pour commencer.

– Eh bien... L'Hymne national par exemple. Les mariages, les histoires d'amour ratées.

– Et qu'est-ce qui vous amuse? continua-t-il en souriant.

– Les feux d'artifice du 14 Juillet, les fêtes en général, les comédies de boulevard...

– Une âme simple, en somme.

– Et sentimentale, n'ayez pas peur de le dire! Je suis une vraie fille du Sud.

– De quoi êtes-vous la plus fière?

– De l'école Primrose, sans aucun doute. De ma famille...

– Et qu'est-ce qui vous fait... désirer un homme?

Megan, interloquée, ouvrit puis referma la bouche, sans pouvoir proférer un son. Alex dut répéter sa question.

– Je n'en sais trop rien.

– Essayez... S'il vous plaît, dit-il d'une voix chaude et vibrante auquelle elle ne put résister.

– Je n'ai été amoureuse qu'une fois, et d'un ami d'enfance. Nous avions tant de points communs!

– Une bonne équipe en quelque sorte!

– C'était un amour... sécurisant, avoua-t-elle, n'ayant pu trouver d'autre mot pour décrire ce qu'elle avait éprouvé.

Évidemment, cela n'avait rien à voir avec la passion dévastatrice qu'elle éprouvait en ce moment. A l'évocation de ce sentiment, elle rougit.

– J'espérais, et j'espère encore, que l'amour entre deux êtres puisse être plus... plus excitant.

– Comme dans les contes de fées?

Elle baissa la tête en signe d'assentiment.

– Et vous croyez qu'une telle chose existe?

Surprise par ce scepticisme, elle releva la tête.

– Bien sûr! Mes parents le vivent, mes sœurs aussi. Un amour passionné, des rires complices, un profond respect, un foyer, des bébés...

Alex eut une moue amusée.

– Vous prenez le sujet très au sérieux.

– Y a-t-il une femme qui ne le prenne pas?

– Non. Aucune. Et c'est pour cela que je m'enfuie à chaque fois. Vous savez, lorsqu'elles ont cette fameuse petite lueur dans le fond du regard!

Megan préféra baisser les yeux de crainte qu'il n'y lise semblable lueur.

– Je crois que vous n'avez jamais été amoureux. Vraiment amoureux. Sinon vous n'auriez pas trouvé le besoin de vous enfuir ainsi.

Un peu vexé, Alex répondit sèchement.

– Il est plus élégant d'en finir avec une relation dont on n'a rien à espérer, que de continuer dans le mensonge.

Megan prit cela pour un avertissement personnel et préféra ne pas répondre. Elle se resservit de sandwich.

– En voulez-vous un? Au thon-mayonnaise, au jambon-fromage, ou au B.C.G.?

– B.C.G.? répéta-t-il incrédule. Vous devriez sous-titrer pour les plus de cinq ans.

– Excusez-moi. Je suis tellement habituée à les entendre parler ainsi. Beurre de cacahuète-groseille.

– Pouah! Je crains que cela ne soit interdit par la Faculté. Grand Dieu! Je vais reprendre de ceux au thon. Délicieux. Je n'ai pas petit déjeuner ce matin.

– Pourquoi? Les petits déjeuners de l'auberge sont pantagruéliques. C'est ma cousine qui les fait. C'est la propriétaire, et elle adore cuisiner.

– Il me semble que votre famille est très étendue.

– Nous nous réunissons une fois l'an, et je suis désignée pour organiser cette fête qui rassemble plus de quatre cents personnes.

Quand ils eurent fini de déjeuner, Megan rangea le panier de pique-nique, tandis qu'Alex retournait au ruisseau pour profiter une dernière fois de la beauté du paysage. La jeune femme vint le chercher et, la main dans la main, ils regagnèrent la voiture.

– Je n'ai jamais vu une femme manger d'un aussi solide appétit, remarqua Alex avec gaieté.

– C'est bien ce qui énerve mes sœurs qui trouvent cela absolument immoral! Elles ne vivent que pour le jour où j'aurai quatre enfants et quinze kilos de trop... Mais j'ai une très bonne constitution et je crains qu'elles ne soient déçues. J'élimine tout.

– Je vois ça! Je vous trouve parfaite pour mon goût...

– Je sais, ironisa-t-elle.

En sentant la chaleur de son regard, elle pensa tout à coup combien il serait facile d'aimer un homme comme celui-là. Le signal « danger » se remit à clignoter et, aussitôt, elle lui proposa de retourner en ville.

Alex posa un doigt sur les lèvres de la jeune femme et, doucement, en dessina les contours. Il la désirait encore et toujours. Il voulait à nouveau goûter la saveur de sa bouche, le satiné de sa peau.

Il entreprit de la caresser lentement, de l'embrasser passionnément, longuement. La jeune femme répondait à ses avances avec délice, perdue dans un tourbillon de volupté. Les mains d'Alex partirent à la recherche de ses deux petits seins qui se dressèrent sous l'attouchement, leurs corps se joignirent sous la violence de leur passion. Alex mit un moment à réaliser qu'il respectait trop Megan pour se conduire ainsi, en pleine campagne, à la merci d'un éventuel promeneur.

– J'ai follement envie de toi, ma chérie, dit-il tendrement. Mais je pense que ce n'est ni l'endroit, ni l'heure.

Megan resta sans voix, ne sachant trop comment interpréter cette phrase, ce tutoiement.

– Réponds-moi... Megan, s'il te plaît, réponds-moi. Ma chérie, comprends-moi. Je fais cela pour toi.

– Je comprends, admit-elle enfin d'une toute petite voix.

Elle resta quelques instants, la tête appuyée contre l'épaule d'Alex, essayant de retrouver son calme.

– Excuse-moi, fit-elle, je ne sais pas ce qui m'a pris... Je ne suis jamais comme cela d'habitude.

Alexander pensa qu'il n'avait jamais rencontré de femme semblable à celle-ci. Une nature aussi explosive chez une personne aussi réservée. Il se dit que son départ de Maryville allait lui poser moults problèmes. Il regarda au loin les collines et les bois, et se perdit dans leur contemplation. Megan en profita pour se dégager et remettre un peu d'ordre dans sa chevelure.

Revenant brusquement sur terre, Alex suggéra :

– Marchons un peu, veux-tu ? Nous avons besoin d'air tous les deux.

– Volontiers, répondit-elle en fixant le ruisseau qui scintillait sous le soleil.

– Megan ?

– Oui ? répondit-elle en évitant toujours son regard.

– Nous n'aurions pu faire ça au vu et au su des villageois. Je suis assez pudique dans mon genre...

– Tu as eu raison. Nous nous sommes laissés emporter.

– Lorsque nous ferons l'amour, reprit-il avec beaucoup de sérieux, je veux que tout soit parfait.

Megan acquiesça, rougissante. Elle lui lâcha la main pour suivre d'un pas léger l'étroit sentier qui courait, parallèle au ruisseau. Son cœur bondissait de joie. Ils allaient devenir amants!

A n'en pas douter, cette idée la rendait joyeuse, mais une certaine mélancolie s'y mêlait. Qu'allait-il advenir de cette relation?

Alex ferait-il partie de sa vie? A jamais?

* *
*

Ils se promenèrent deux bonnes heures, admirant la beauté du paysage, goûtant l'air tiède et embaumé de cette belle fin d'après-midi. Parlant de choses et d'autres, appréciant ces instants d'intimité où ils apprenaient à mieux se connaître.

Ils retournèrent enfin à la table de pique-nique, et Alex s'empara du panier qu'il porta sur son épaule, jusqu'à sa voiture. Là, il le déposa dans le coffre. Puis il ouvrit la portière à Megan.

– J'ai beaucoup apprécié cet après-midi en ta compagnie. Je n'ai pas l'habitude de flâner ainsi. Ma vie n'est qu'une succession de rendez-vous d'affaires, de conférences et de voyages.

– Depuis combien de temps n'as-tu pas pris de vacances?

– Cinq ans.

– Tu devrais être honteux! Et moi qui croyais

que tu pouvais profiter de tous ces merveilleux voyages gratuits...

— J'en fais, mais pour vérifier que tout soit parfait. Ma clientèle est très exigeante.

— Emmène quelqu'un qui le fasse à ta place pendant que tu te reposeras.

— C'est une bonne idée. Tu es engagée!

— Tu sembles avoir oublié que je suis nantie d'une bonne douzaine de gamins.

Elle devint soudain songeuse en repensant au futur improbable de leur relation. Alex dut lui tapoter le bout du nez pour qu'elle redescende sur terre.

— Hou! Hou! Je suis là, jeune fille.

Surprise, elle se mit à rire. D'un rire léger qui transporta Alex de bonheur. Elle était superbe, ainsi, avec ses magnifiques cheveux auburn qui dansaient dans le vent et ses yeux d'un vert insondable.

— Aimeriez-vous être invité à une soirée? lui proposa-t-elle mutine.

— Une soirée spéciale? Une S.A.M.? Soirée d'anniversaire de mariage? ou bien une S.B.M.? Soirée de bienvenue à Maryville.

— Vous avez gagné!

Alex lui jeta un regard d'incompréhension totale.

— Une soirée de bienvenue en votre honneur.

— Mais je ne connais personne... Il n'en est pas question.

— Il n'est même question que de cela. Ma sœur est la présidente du comité et elle a déjà tout organisé. Je suis la personne désignée d'office pour vous retransmettre l'invitation.

– Le comité? Mais quel comité?

– Il a été créé à la mort de Charles en prévision de votre arrivée. Vous ne pouvez pas refuser. Ce serait un désastre si l'invité d'honneur refusait de venir. Tout le monde serait extrêmement désappointé.

– Et vous avez accepté en mon nom? Vous êtes proprement incroyable! dit-il un peu plus sèchement qu'il n'aurait dû.

Elle hocha la tête d'un air contrit.

– Pourquoi?

Elle comprit le sens de sa question. Pourquoi avait-elle accepté en son nom? Elle en fut rétrospectivement embarrassée. Allaient-ils se redisputer pour un détail aussi insignifiant?

– Pourquoi, Megan?

– Je n'ai pas pu leur causer une telle déception. Ils avaient tout organisé, dès qu'ils ont appris que tu avais retenu une chambre à l'auberge... Ma cousine a ameuté le ban et l'arrière-ban avant même que je le sache moi-même. Après, il était trop tard.

Effondré de la tournure prise par les événements, Alex dut s'appuyer contre sa voiture. Ah! Les villes de province où les ragots couraient plus vite que le vent...

– Je n'habiterai jamais ici. Je suis de Saint-Louis.

– Je sais. Ils ne veulent que te rencontrer, en fait.

– Je déteste tromper les gens.

– Tu n'auras pas à le faire! Si quelqu'un te demande ce que tu entends faire dans l'avenir, tu lui répondras franchement. Mais tu ne seras pas obligé de raconter ta vie au tout-venant.

– Il serait plus simple de ne pas y aller.

– C'est un geste de bienvenue, de remerciement. Tu aurais pu rencontrer suspicion et hostilité, or tu n'as eu droit qu'à un chaleureux accueil, non?

– Évidemment.

– Alex, vas-y! Les invités sont tous charmants, tu passeras un bon moment. Cela te fera connaître d'autres personnes, sans doute très différentes de celles qui t'entourent.

– Est-ce que Tyler Dunwoody viendra?

– Certainement. Mais je ne crois pas qu'il ait envie de crier sur les toits qu'il a failli à sa mission! Les gens sauront bien assez tôt que le petit-fils de Charles Stanton a refusé son héritage. Tyler a l'air d'un type décontracté, mais ce n'est qu'une façade.

Alex lui jeta un regard en coin.

– Toi aussi, tu auras à en passer par là.

– Je suis plus rude qu'il n'y paraît. Je survivrai. En attendant, amusons-nous, pour une fois que tu prends des vacances!

– Pour quand est prévue cette festivité? Il faut que j'aie le temps de me préparer psychologiquement.

– Ce soir, vers sept heures.

– Pardon?

Megan éclata de rire devant son air ahuri. Alex fit contre mauvaise fortune bon cœur. Après tout, cela lui permettrait de passer la soirée avec Megan, et il était curieux de voir si la « haute société » de Maryville était vraiment prête à l'accueillir à bras ouverts comme le prétendait la jeune femme.

– Eh bien! dit Alex en freinant pour éviter un cycliste, la description enthousiaste que tu m'as faite des réjouissances préparées en l'honneur de mon arrivée, m'incite à te répondre par l'affirmative...

– Et je ne t'ai encore rien dit...

– Mon Dieu!

– Smoking et robe de cocktail...

– Je suppose que ta robe est épouvantablement sexy?

– Surprise! Il faut bien que j'utilise tous mes artifices pour te séduire.

– Inutile. C'est déjà fait.

Megan éclata d'un joli rire cristallin. Puis elle posa sa main sur son genou et déclara plus sérieusement.

– Je me sens si bien, avec toi.

A ces mots, Alex sentit un frisson de bonheur courir le long de sa colonne vertébrale.

– Moi aussi, chérie.

Le flot de la circulation les emportait vers le centre ville. Alex s'étonna de ne plus ressentir aucune colère, d'arriver à penser presque avec gratitude à Maryville et à ses habitants qui lui permettaient de rester quelque temps avec Megan. Il se sentait à la fois heureux et troublé.

– Quel est le programme pour ce soir?

– Cocktail, dîner, bal.

Ébahi, Alex siffla entre ses dents.

– Extraordinaire... Ces gens sont incroyables.

Alex, s'arrêtant à un feu rouge, en profita pour la regarder attentivement. Rien dans sa vie de vieux loup solitaire ne l'avait préparé à ce qu'il était en train de vivre en ce moment.

– Ils sont très forts. Je me sens pris au piège. Vraiment pris au piège.

Megan secoua ses jolies boucles.

– Mais tu as au moins une alliée dans la place!

Alex s'empara de la main de la jeune femme, et ne la lâcha qu'une fois arrivés à l'école Primrose.

Sa gaieté, son assurance et son amour commençaient à gagner son vieux cœur endurci.

7

ALEXANDER et Megan déposèrent leurs manteaux au vestiaire de la salle des fêtes. La préposée leur tendit un ticket avec un large sourire.

Megan le rangea soigneusement dans son sac du soir et se retourna vers son compagnon. Elle avait l'impression de vivre un rêve. Alex, avec son smoking, était d'une élégance folle et il arborait un air conquérant.

— J'espère que cette ville est dotée d'un bon service de réanimation cardiaque! plaisanta-t-il.

— Pourquoi? demanda Megan perdant brusquement son assurance.

Alex l'entraîna dans un coin, à l'abri d'un palmier en pot.

— Ta robe... Je suis au bord de la crise cardiaque! Tu aurais dû me prévenir.

— Mais, ce n'est qu'une vieille chose... protesta-t-elle.

— J'aurai loué les services d'une armée de gardes du corps, continua-t-il mi-figue mi-raisin.

Megan vit la petite lueur qui dansait dans le fond de ses prunelles.

– Elle est trop sexy? Je vais aller me changer alors, dit-elle faussement contrite.

– Il n'en est pas question, rugit-il. Je suis de taille à me batte contre toute la population mâle de Maryville...

– Oh! N'exagérons rien. Ce n'est qu'une petite robe de dentelle noire.

Alex fit semblant d'étudier attentivement la robe et sa propriétaire, superbe, avec sa peau halée, son sourire dévastateur, sa magnifique chevelure tombant en cascade sur ses épaules à demi dénudées.

– A d'autres! jeune fille. Ce chiffron de dentelle est purement incroyable, indescriptible. Tu sembles être née avec. Comment fais-tu pour respirer?

– Question d'habitude.

– C'est terriblement tentant, frustrant, que sais-je...

– Tu es tenté? Je ne l'aurais jamais cru, ironisa-t-elle.

Il lui attrapa le poignet, et déposa un léger baiser sur la petite veine qui battait à l'intérieur.

– Depuis notre première rencontre.

– Moi aussi, avoua-t-elle.

– Alors, il serait plus sage de quitter la soirée maintenant.

– Mais elle n'est pas encore commencée, rétorqua Megan en riant.

– Bon, négocions pour un verre... Et le souper... Mais c'est tout!

Alexander la prit par le bras et se dirigea vers

la grande salle d'un pas vif, tout en lui murmurant tout ce qu'il lui ferait subir pour avoir oser mettre une pareille robe.

— Cela me semble intéressant! lui répondit-elle entre ses dents, attentive à ce que les invités ne devinent leur conversation.

Ils arrivèrent enfin devant le comité d'accueil. Le maire, ses adjoints, les membres influents de la ville, médecins, avocats, industriels. Tout ce qui comptait à Maryville, Alabama, était réuni là, prêt à accueillir l'héritier de Charles Stanton.

Megan salua son beau-frère, Paul Travers, avant de commencer les présentations en bonne et due forme.

A la fin de la soirée, la jeune femme ne savait pas de qui elle était la plus fière. Des gens qui avaient organisé la fête et qui recevaient avec une telle chaleur, ou d'Alex qui se montrait sous son meilleur jour.

Ce dernier avait vraiment l'air d'apprécier la gentillesse ambiante, elle n'aurait plus à l'assurer de leur sincérité. Évidemment, il avait besoin d'un peu de temps pour apprécier un style de vie si différent du sien, mais elle souhaitait de tout cœur qu'il y arrive. Que cet événement l'ait transformé.

Megan savait que le jeune homme ne désirait pas rester ici, si ce n'est le temps nécessaire à la signature des documents officiels de sa renonciation, mais elle se reprit à espérer qu'il changerait d'idée à la dernière minute. Sinon, sa perte n'aurait d'égale que celle de la communauté...

Le dîner avait été spécialement somptueux et la jeune femme ressentit aussitôt après le besoin impératif de prendre l'air sur la terrasse. Elle devait réfléchir à la façon de garder Alex. Évidemment, il était très difficile de l'obliger à changer d'avis, cela admettait qu'elle pût avoir une quelconque influence sur lui. Inconcevable. Pour l'instant.

Soudain, Megan comprit que seul le temps jouerait en sa faveur. Un homme tel qu'Alex ne pouvait, sur un coup de tête, abandonner sa ville natale, ses florissantes affaires. Tout ce qui représentait sa vie. Elle le respectait trop pour l'acculer à prendre ce genre de décision.

Un bruit de pas, sur la terrasse, la tira de ses pensées. Elle se retourna et vit Alex qui se dirigeait vers elle, deux verres de Brandy à la main.

— As-tu toujours l'impression d'être pris au piège ? lui demanda-t-elle en le débarrassant d'un des verres.

Il sourit et s'appuya contre la balustrade de fer forgé. Puis il lui passa un bras autour des épaules.

— Je crois, qu'au fond, je ne désirais que cela... ironisa-t-il.

Il but une gorgée de Brandy avant de reprendre :

— Personne ne m'a posé de questions embarrassantes, quant à Tyler, il m'a évité comme la peste ! Je dois admettre que la soirée s'est passée mieux que prévu...

— Tyler n'est pas fou.

— Tyler est malin comme un singe. Il faudra que je garde un œil sur lui.

Dans la lumière diffuse de la lune, Megan rayonnait.

— Et toi? As-tu apprécié cette soirée?

Elle lui dédia un sourire enjôleur.

— C'était merveilleux.

— Tu sembles un peu fatiguée.

— Pas du tout, lui répondit-elle en entendant l'orchestre jouer les premières mesures.

C'était une vieille mélodie qui parlait de cœurs brisés.

Depuis des heures, Megan ne rêvait qu'à ce moment, celui où elle serait enfin dans les bras d'Alex, dansant dans la clarté lunaire une valse sans fin.

— Viens danser. La soirée n'est pas finie.

Elle le regarda, avec dans le fond des yeux un mélange de désir et de désespoir. Incapable de lui répondre, la jeune femme hocha la tête pour toute réponse.

Alex lui prit le verre des mains et le déposa sur la table la plus proche. Puis il l'emmena sur la piste de danse, transformant son rêve en réalité.

Bercés par les notes de cette langoureuse musique, leurs corps se pressèrent l'un contre l'autre. Ils ne formaient plus qu'une seule et même personne.

— Megan, où es-tu? demanda Alex intrigué par son silence.

Tirée de ses songes, la jeune femme sentit le doux baiser que son compagnon lui déposait sur le front... Lentement, elle releva la tête, comme sortant d'un long sommeil.

– Je suis désolée de vous interrompre, dit brusquement une femme rousse qui avait dû ressembler à Megan dix ans plus tôt. J'ai besoin de parler à Megan.

Megan s'excusa auprès d'Alex.

– Je reviens dans quelques minutes.

Il acquiesça, mais elle nota, dans son regard, le
regret de ce moment d'intimité perdu. Il retourna
sur la terrasse boire son Brandy.

Megan suivit sa sœur dans un coin de la salle
de bal.

– Un problème, Cathy?

– J'ignorais que vous vous connaissiez si bien...
Il n'est pourtant pas arrivé depuis longtemps!

– Cathy, arrête! Nous sommes juste des amis.

– Cela crève les yeux, ricana sa sœur.

– Tu avais quelque chose d'important à me
dire?

Cathy Travers haussa les yeux au ciel.

– Cela fait des siècles que tu n'as fréquenté un
homme. Alexander semble charmant, mais le
connais-tu assez pour...

– Il est charmant, en effet.

– Ah oui? Charmant... Le postier est charmant,
le boucher aussi, mais ils ont la soixantaine bien
sonnée et une ribambelle de petits-enfants.

Megan garda un silence circonspect. Sa sœur
lui posa gentiment la main sur l'épaule.

– Tu ne réponds pas?

– Je n'ai rien à dire, absolument rien.

– Est-ce que tu te sens bien? demanda Cathy
intriguée.

— Très bien, merci.

— Megan Montgomery, tu n'es plus une enfant! Il est inutile de mentir dans l'espoir de t'en tirer à si bon compte... Comme tu le fais depuis des années.

Megan, devant l'agressivité de sa sœur, eut brusquement les larmes aux yeux.

— Cathy, ne me pousse pas à bout.

Sa sœur la fixa d'un air inquisiteur.

— Ne me dis pas que tu es tombée amoureuse de lui? C'est ça, n'est-ce pas?

Ne voulant pas confirmer les doutes de sa sœur, car elle connaissait trop son besoin de diriger la vie des autres et la sienne en particulier, Megan préféra changer de sujet.

— Comment va ton bébé?

— J'allais justement te demander de le garder demain pour que nous puissions emmener Carrie avec nous au zoo. Bon... je crois que j'appellerai maman demain matin.

— Oui, je préfère.

— Eh bien! j'avais deviné juste. Toi qui te bats toujours pour être la seule de la famille à garder les petits...

Déterminée à tenir secrète sa vie privée, Megan prit gentiment la main de sa sœur dans la sienne et lui proposa :

— Tu te fais des idées! Pour demain, je préférerais que tu demandes à notre mère, mais les fois suivantes je me ferai un plaisir de reprendre mes fonctions de Nany.

Elle respira un grand coup pour retrouver son calme, et ajouta presque gaiement :

96

– Nous devrions rejoindre les autres, non? Paul va s'inquiéter.

Megan fit quelques pas, et vit Alex qui parlait avec les membres du conseil. Ces derniers semblaient boire chacune de ses paroles. Quand il l'aperçut, il lui sourit, soulagé, et prit congé de ses interlocuteurs.

– Heureusement que tu es venue à la rescousse! commenta-t-il amusé.

Mais une bonne dizaine de personnes, enhardies de voir le petit-fils de Charles Stanton se mêler à la foule, vinrent lui souhaiter la bienvenue, lui demander ce qu'il pensait de leur ville, s'il y avait longtemps qu'il était là. Megan, à bout de force, brusquement clama :

– Mesdames, messieurs, je suis au regret de devoir vous enlever ce charmant garçon, mais il m'a promis une danse. Une promesse est une promesse!

Alex la guida vers la piste de danse.

– J'adore ta brutale franchise, ma chérie.

Elle lui fit une grimace tandis qu'il la prenait dans ses bras.

– Dois-je en conclure que tu aimes les femmes dynamiques?

– Comment as-tu deviné? murmura-t-il tandis que leur corps s'épousaient pour mieux suivre la musique. Et j'aime lorsque tu danses ainsi...

– J'en suis fort aise. Je ne voudrais en aucune façon te désappointer.

Il la regarda soudain, les yeux pleins de désir.

– Tu ne pourras jamais me désappointer, je le sens bien.

Sans se soucier des autres danseurs, ils continuèrent d'évoluer, les yeux dans les yeux, serrés l'un contre l'autre. Ils dansèrent jusqu'à une heure avancée de la nuit. Seuls quelques couples dont les Travers restaient sur la piste avec eux.

Bien après que l'orchestre eût cessé de jouer, Megan et Alex se tinrent enlacés dans une valse muette, entendue d'eux seuls.

Ils s'arrêtèrent enfin, et Megan poussa un grand soupir d'aise. Alex découvrit que la piste était vide, qu'ils étaient les derniers. Il serra la jeune femme dans ses bras, dans une ultime étreinte, et murmura :

— Quelle merveilleuse soirée nous avons passée!

— Alex!

— Oui?

— Il est affreusement tard.

— Je sais.

— Si nous rentrions?

— Chez toi?

— S'il te plaît.

Il la prit par la taille et ensemble ils quittèrent la salle de bal.

— Paul, tu as vu comment ils se tenaient!

Au son de la voix de sa sœur, Megan s'arrêta.

— Qu'est-ce...

— Chut! intima Megan à son compagnon.

— De qui parles-tu? demanda Travers.

Mais en aidant sa femme à mettre son manteau, il aperçut Megan. Cette dernière eut juste le temps de mettre un doigt devant sa bouche, l'incitant à ne rien révéler de sa présence.

– Mais de Megan et d'Alexander Wyatt! reprit Kathy.

– Ils dansaient. Et alors?

– Ils dansaient comme s'ils étaient seuls au monde.

Paul ne put s'empêcher de sourire.

– Je n'ai pas remarqué.

– C'était indécent! Leurs corps se...

– Ah! Bon.

– Arrête de faire l'âne!

– Maintenant que j'y pense... dit Paul ironique. Il est vrai que je l'ai trouvé joliment possessif ce matin avec elle.

– Tu ne m'as rien dit!

– Sur l'instant, cela ne m'a pas paru important.

– Bien sûr que c'est important! Qu'est-ce qui s'est passé exactement? demanda fébrilement Cathy tout en cherchant quelque chose dans son sac du soir. Mais où sont donc passées les clés de la voiture?

– Eh bien! Je plaisantais avec Megan comme je le fais habituellement et je pense que Wyatt en a pris ombrage jusqu'à ce qu'il se rende compte que nous étions de la même famille, dit-il en extirpant les clés perdues de sa poche de smoking.

Ne voulant pas en entendre plus, Megan préféra reculer, suivie d'Alex qui paraissait s'amuser follement.

Paul poussa sa femme vers la sortie.

– Tu ne devrais pas t'en mêler, suggéra-t-il.

– Je ne m'en mêle pas! Je suis juste inquiète pour ma sœur.

Megan faillit pouffer de rire en entendant les propos de Cathy.

— Ta sœur est majeure et vaccinée, conclut Paul, elle n'a plus besoin de ton consentement. Et, manifestement, elle a enfin oublié Tom. Pour ma part, je trouve que c'est une bonne chose. Je ne doute pas que tes intentions soient bonnes – comme d'habitude – mais je ne crois pas qu'elle aimerait que tu fourres ton joli petit nez dans ses affaires!

Megan bénit en silence son beau-frère et Alex marmonna :

— Bravo!

Le bruit de la grande porte qui se refermait derrière les Travers les libéra. Megan et Alex se mirent à rire de bon cœur.

— Elle est incroyable, apprécia Alex.

— C'est une casse-pieds, mais gentille...

— Moi qui, enfant, aurais tant voulu avoir des frères et sœurs. Je me demande maintenant...

*
* *

Alexander conduisait dans les rues désertes de Maryville d'une main, de l'autre il tenait celle de sa compagne. Tous deux appréciaient en silence la merveilleuse soirée qu'ils avaient passée. Et quand il gara sa voiture devant le perron de l'école Primrose, ils gardèrent encore le silence comme au regret qu'elle soit finie.

Puis Alex se décida à prendre la jeune femme dans ses bras et se mit à l'embrasser tendrement, doucement.

Elle sentit ce changement en lui et elle ne sut l'interpréter, ni en deviner les raisons. Mais cela la bouleversa. Les dernières barrières qu'elle avait pu dresser tombèrent instantanément. Un flot d'émotions l'envahit.

— Il faut que j'y aille, murmura-t-elle la tête enfouie dans son cou.

— Je sais, il est tard, acquiesça-t-il.

Il s'empara de sa main et lui embrassa un à un les doigts, puis le creux de la paume, la saignée du poignet, lentement, dans une interminable caresse.

Megan frissonna. Une vague de désir l'envahit. Et lorsque la main d'Alex vint à l'encontre de sa poitrine, elle s'abandonna langoureusement dans ses bras.

Alex respirait son merveilleux et entêtant parfum de lilas sauvage. Un gémissement de passion lui échappa. Sachant que la jeune femme avait plus ou moins accepté de devenir sa maîtresse, il ne pouvait contenir davantage son désir.

Les cheveux de Megan s'étaient détachés dans leur étreinte et retombaient en cascade le long de son visage. Sa robe de dentelle noire glissait le long de ses épaules satinées. Alex y glissa les doigts avec volupté.

Leurs bouches se cherchaient, se trouvaient, se perdaient en un ballet rythmé par une frénétique passion.

Lorsqu'ils reprirent enfin leur souffle, Alex fut le premier à dire :

— J'ai tellement besoin de toi...

Sa voix était rauque, cassée.

— Moi aussi, avoua Megan dans un murmure.

Alex desserra son étreinte, lui caressa les cheveux d'un geste tendre et sortit de la voiture pour venir lui ouvrir la portière.

Main dans la main, ils gravirent les marches du perron. Ils flottaient comme dans un rêve. La jeune femme ouvrit en grand la porte d'entrée et tous deux pénétrèrent dans le hall obscur.

Alex la souleva dans ses bras et monta à l'étage où se trouvait la chambre de la jeune femme. Avant de la déposer doucement sur le lit, il dit :

— Je ne peux pas te promettre absolument le conte de fées dont tu rêves...

Elle l'embrassa passionnément, puis lui glissa à l'oreille :

— Je ne veux pas de promesse que tu ne puisses tenir. C'est toi que je veux!

8

La chambre était éclairée par la pâle clarté de la lune qui filtrait au travers des voilages qui protégeaient les grandes portes-fenêtres. Les boiseries couleur du temps, les vastes bergères recouvertes de soie vert d'eau, les aquarelles aux murs accentuaient cette impression fantasmagorique.

Alex, avec d'infinies précautions, fit glisser la fermeture Éclair de la robe du soir de Megan. La peau de la jeune femme paraissait encore plus satinée qu'à l'ordinaire.

Megan s'étira voluptueusement. Puis elle entreprit de dénouer la cravate d'Alex, de lui retirer sa chemise. En se levant, elle lui apparut dans toute sa féminité. Un petit ensemble de soie pêche, les bas tendus par un affriolant porte-jarretelles.

Fou de désir, le jeune homme finit de se déshabiller et renversa Megan sur le lit à baldaquin qui trônait au milieu de la pièce. Sa chevelure se répandit sur le couvre-lit de chintz comme une fleur étrangement exotique.

Sa main dessina chacune de ses courbes, puis vint décrocher son soutien-gorge, révélant ainsi deux superbes seins à la pointe dressée. Il les caressa doucement jusqu'à la faire gémir de plaisir. Enivré de son parfum de lilas sauvage, Alex la couvrait de baisers, enfouissant sa tête dans le creux de son épaule, là où naissait le cou si gracieux.

Un plaisir inénarrable emplissait Megan. Son cœur battait la chamade. Elle s'enroulait autour de lui, cherchant avidement chacune de ses caresses.

Jamais Alex n'avait vu de femme plus désirable, plus belle que Megan. Il avait envie de l'aimer, là maintenant, mais aussi de la chérir.

Sous les caresses de plus en plus précises de son compagnon, la jeune femme explosa d'un plaisir délicieux. Ses yeux brillaient, d'un amour sans limite. Alex murmura :

— Ma chérie...

— Viens! ordonna Megan impatiente. Ne me fais plus attendre...

— Megan chérie!

Leurs corps se joignirent enfin dans un violent désir. Ils laissèrent libre cours à toutes leurs volontés, tous leurs fantasmes.

En un éclair, Alex pensa que quitter Megan serait un véritable cauchemar. Alors, avec violence, il reprit ses assauts, essayant d'insuffler au corps de la jeune femme toute sa passion contenue.

De plaisirs en plaisirs, Megan se sentait littéralement exploser. Ses gémissements emplissaient la chambre. Finalement, ils se rejoignirent en une ultime vague de plaisir.

Leurs corps se séparèrent. Ils restèrent là, sur le lit.

Sans bouger.

Sans parler.

Une grande paix les habitait, ils voguaient sur une mer d'harmonie, dans le silence de la nuit.

*
* *

Megan s'éveilla lentement du profond sommeil dans lequel elle avait sombré. Elle soupira, d'un léger soupir plein du bonheur éprouvé.

Son corps se ressentait encore de la passion qui l'avait embrasée. Mais elle n'en avait que faire. Elle ne pensait qu'à embrasser de nouveau l'homme qui lui avait donné une telle joie.

Elle ne trouva que draps froissés. Nulle trace d'Alex. Un violent coup de tonnerre la fit sursauter. Dehors, l'orage éclatait, courbant les arbres du parc, inondant de rafales de pluie les massifs patiemment élaborés.

Megan se dressa sur les coudes pour regarder l'heure sur son réveil. Un éclair plus fort que les autres éclaira la chambre, révélant la présence d'Alex, assis dans une des bergères, près de la porte-fenêtre. Il observait les éléments déchaînés, totalement nu. Son corps musclé offert au regard de la jeune femme.

Megan s'assit dans son lit, bien calée par ses oreillers. Un second éclair illumina fortement la pièce, et elle vit Alex la regarder et se lever. Il alluma la petite lampe de chevet posée sur la table de nuit et s'assit au bord du lit, à ses côtés.

— Je pense vraiment que tu es unique! déclara-t-il avec sérieux.

Megan qui tentait de remettre de l'ordre dans sa chevelure, se mit à rire.

— En quoi suis-je unique, mon Dieu?

— D'abord, je n'avais jamais rencontré de femmes qui croyaient aux contes de fées. Ensuite, je n'avais jamais rencontré de femmes sachant si bien décliner les mots « érotisme » et « sensualité ».

Megan rougit. Un flot d'émotions oubliées l'envahit.

— J'ai de nouveau besoin de toi, de ta chaleur, ma chérie, continua-t-il.

Alex s'allongea sur le lit pour mieux caresser sa somptueuse poitrine. Une caresse qui en amena d'autres. Megan se remit à gémir doucement.

— Et toi? demanda Alex impatient.

Megan hocha la tête, incapable de proférer un son, sous le regard intense de son compagnon. Il arborait une expression qu'elle ne lui avait jamais vue auparavant.

— Je n'arrive pas à décrire ce que je ressens lorsque je suis avec toi, murmura-t-elle embarrassée.

— Je ne pensais pas rencontrer quelqu'un comme toi, poursuivit-il. Mais, pourquoi fallait-il que tu sois mêlée à tout ça! Ce satané héritage...

— C'est la fatalité!

Il se tut. Ses yeux d'un bleu porcelaine semblait sans fond. Megan se prit à l'étudier. Son nez mince, son menton volontaire, ses hautes pommettes, et sa bouche si sensuelle. Elle tendit la main vers lui sans se soucier de sa nudité. Elle ne se souciait que d'une chose, ramener Alex à la réalité.

Elle lui caressa les cheveux d'un geste tendre, et Alex murmura :

– Que vais-je faire de toi ? Que va-t-il se passer ?

– Tu vas venir près de moi, répondit-elle d'une voix alanguie. Et nous ne penserons à rien d'autre qu'à ce qui se passe dans cette chambre, qu'à ce qui se passe entre nous.

Elle lui prit la main et la posa délicatement sur son joli ventre plat. Le désir l'envahit de nouveau et elle bascula sur lui, sa chevelure tomba en vagues souples sur les joues d'Alex, qui protesta :

– Ne t'attache pas trop, Megan. J'ai si peur que tu souffres... Je ne veux pas que pareille chose t'arrive. Pas à toi.

Rejetant son avertissement, la jeune femme entreprit de ranimer sa flamme.

– As-tu compris ce que je viens de te dire ? répéta-t-il d'une voix où se mêlaient la passion et la colère.

– J'ai entendu. Mais il est trop tard !

Elle lui caressait le torse, l'embrassait de mille petit baisers, et Alex rugit :

– Je ne sais pas aimer... Je ne sais plus depuis très longtemps. Personne n'arrivera jamais à ranimer ce sentiment... Pas même toi !

Megan sentit son cœur se remplir de tristesse à ces mots. Pauvre garçon !

– L'amour est un sentiment qui ne meurt

jamais. On le porte en soi, prêt à s'éveiller de nouveau si l'occasion se présente. Laisse-moi faire, chéri, je le ferai renaître, tu verras.

Alex ne répondit pas, les yeux perdus dans le vague. La jeune femme prit son silence pour une acceptation implicite. La possibilité de lui démontrer qu'elle avait raison.

Elle se mit à l'embrasser, d'abord délicatement, puis avec fougue. La pointe de ses seins frôlant son torse musclé; le satin de sa peau caressant la moindre parcelle de son corps. Alex ne put retenir un gémissement de bonheur.

Il la saisit par la nuque et l'attira à lui. Ils se caressèrent jusqu'à ce que leur désir atteigne son paroxysme.

Megan ne pouvait s'empêcher de penser combien il serait facile de l'aimer. Combien il lui était facile de l'aimer... Déjà.

Et quand Alex la pénétra, elle murmura :

— Tu vois... L'amour renaît! Maintes et maintes fois.

— Tu es une diablesse! répondit Alex dans un souffle.

Megan frissonna de plaisir.

— Je n'étais pas comme cela avant...

Alex la regarda d'un air étrange au travers de ses paupières à demi fermées.

— Pourquoi maintenant? Et pourquoi moi?

Furieuse à l'idée qu'Alex puisse trouver suspect ce soudain changement de libido, Megan lui mordit la lèvre.

— A ton avis? suggéra-t-elle.

Devant son mutisme, elle lui prit le visage entre ses mains et l'obligea à la regarder. Ce qu'elle put lire dans le fond de ses pupilles la troubla.

– Ne t'inquiète pas! dit-elle avec sérieux. Je ne cherche pas à te prendre dans mes filets. Je veux juste te faire comprendre ce que je ressens pour toi. C'est tout. Mais c'est unique.

Il soupira, abandonnant toute tentative de persuasion. Ses mains se posèrent sur la superbe poitrine de sa compagne, ne pouvant s'arrêter de la caresser.

Le désir revint, violent et insatiable. Leurs corps fusionnèrent à nouveau. Seule comptait la faim qu'ils avaient l'un de l'autre.

Dehors, l'orage était à son apogée. Le ciel était strié d'éclairs. La nuit retentissait des grondements du tonnerre. Megan et Alex ressentaient dans chaque fibre de leur être le déchaînement des éléments.

Dans un ultime éblouissement, ils arrivèrent au paroxysme de leur plaisir. Simultanément, avec la même intensité.

Ils retombèrent sur le lit, épuisés. Vidés de leur force. La tempête faisait toujours rage, et ils l'écoutèrent en silence, tâchant de trouver un repos bien mérité.

Mais leurs corps tremblaient encore de la folle passion qui les avait animés, et aucun d'entre eux ne fut capable de prononcer un mot.

9

MEGAN se rendit compte dans son demi-sommeil qu'Alex était en train de se lever. Elle préféra ne pas révéler qu'elle venait de s'éveiller. Entre ses cils, elle le vit aller dans la chambre à la recherche de ses affaires. Il s'habillait en silence, sans lui jeter le moindre coup d'œil.

Le cœur de Megan se serra. Alex était vraiment un homme indépendant, incapable de tomber amoureux. Elle devait en accepter l'évidence. Elle se demanda à quoi il pouvait bien penser en ce moment. Il était certain qu'elle ne le saurait jamais, Alex n'était pas homme à partager ses réflexions avec qui que ce soit.

Alex fit quelques pas vers le lit où reposait la jeune femme, puis changea d'avis et se dirigea vers la porte. Megan sentit son cœur s'arrêter de battre et elle ouvrit les yeux. Mais Alex la surprit en se retournant une dernière fois, la main déjà sur la poignée.

Elle lui sourit aussitôt, sans rien montrer de sa tristesse.

— Bonjour! lança-t-elle. Il doit être terriblement tard, non?

— En effet.

— Puis-je te rassurer?

— Sur quoi? demanda-t-il soupçonneux.

Une vague d'inquiétude submergea la jeune femme, un flot d'impressions négatives, qu'elle essaya tout de suite de combattre. Elle déglutit, et expliqua d'une voix posée:

— Je voulais te dire que ce que nous avons partagé la nuit dernière, ce que nous partageons maintenant, a été la plus belle expérience que j'ai jamais connue! Et je n'ai, malgré tout, pas oublié ton avertissement. Je n'espère rien de toi... Je comprends très bien qu'avoir fait l'amour un soir ne nous engage pas. Pas le moins du monde.

— Puisque tu le dis! laissa tomber Alex d'un ton froid.

Megan s'assit sur le bord du lit, révélant ainsi sa nudité, puis elle se leva et décida d'enfiler sa robe de chambre.

— As-tu le temps de prendre un petit déjeuner?

— Tu as vraiment un corps splendide, Megan.

Elle rejeta ses cheveux en arrière d'un mouvement brusque et lui sourit, se forçant à rester calme.

— Merci.

— Je n'ai absolument pas faim, précisa-t-il.

— Je peux te faire un café ou un jus d'orange.

En disant ces mots, Megan se rendit compte qu'elle cherchait inconsciemment à le retenir.

Une très mauvaise tactique. Cet homme ne voulait qu'une chose : fuir. Sans explication.

— Non, c'est inutile, répliqua Alex en ouvrant la porte.

— Je t'accompagne jusqu'en bas.

— Ce n'est pas la peine.

— J'ai besoin de faire quelques pas, insista Megan.

— D'accord.

Ils sortirent de la chambre ensemble, mais arrivés en haut des marches, Alex posa une main sur l'épaule de la jeune femme.

— Comment te sens-tu ?

Ahurie par cette brusque volte-face, Megan regarda d'abord cette main posée sur elle, puis Alex lui-même. Les images de leur passion partagée lui revinrent en mémoire. Elle se troubla, ce qui fit reculer son compagnon.

— N'aies pas peur, le rassura-t-elle. Je ne suis pas femme à avoir mes nerfs. Je te remercie de ta question.

Il lui toucha furtivement la joue.

— Inutile de me remercier.

La jeune femme ne put retenir un sarcasme.

— Il est évident que tu es un amant peureux... mais courtois. C'est déjà ça. Aussi te remerciais-je.

Le visage d'Alex s'allongea.

— Tu sembles brusquement si...

— Si quoi ? Si froide ? Si dénuée d'émotions ?

— Arrête Megan !

— Arrête quoi ?

— Arrête de te faire du mal. Je ne crois pas être... tel que tu me décris.

112

La jeune femme sentit sa colère s'évanouir. Être dans ses bras, s'y blottir, lui dire qu'il valait n'importe quel sacrifice, parce qu'elle l'aimait de toute son âme, lui était interdit. Il rejetterait ces mots.

Elle comprit qu'aimer quelqu'un, pour lui, serait comme abaisser ses défenses, devenir vulnérable. Comment pouvait-il être aussi fragile?

— Megan! Tu ne m'entends pas? J'ai besoin des clés.

— Les clés?

— Celles de Stanton House.

— Oh! fit-elle un léger espoir au cœur. Bien sûr. Elles sont en bas. Je te les donne.

Quelques minutes plus tard, elle les lui tendait dans la paume de sa main.

— Cette demande ne veut rien dire. Ne commence pas à te mettre martel en tête.

Elle acquiesça, essayant quand même d'analyser ses motifs. Elle l'observait tandis qu'il serrait les clés dans ses doigts, tout en la fixant d'un air énigmatique.

— Tu trouveras les papiers personnels, dont je te parlais l'autre jour, dans la bibliothèque. Cette pièce est fermée comme les autres. Personne, à part moi, n'est entré dans cette maison depuis la mort de Charles.

Il hocha la tête d'un air absent.

— Si tu as besoin de quoi que ce soit, Alex, je serai là toute la journée. Le samedi, j'en profite pour nettoyer un peu l'école.

Il eut un pâle sourire et dit :

— Adieu, Megan.

Saisie, la jeune femme murmura un vague au revoir, tandis qu'il ouvrait la grande porte d'entrée, sortait et s'en allait sans même un regard.

Alors, Megan s'effondra sur la première marche de l'escalier.

Le monde avait fini de basculer.

* * *

Megan essaya de rassembler ses idées dans un grand bain, plein de mousse. Tandis qu'elle marinait, son esprit vagabondait. L'eau fut bientôt froide et elle dut se résoudre à sortir et à enfiler son vieux jean délavé, celui réservé au ménage. Elle tressa ses cheveux en une grosse natte qui tombait le long de son dos.

Déterminée à oublier pour l'instant son échec, elle se lança dans un vaste nettoyage des salles de classe. Quelques heures plus tard, l'école brillait de tous ses feux, une odeur de propreté flottait dans l'air et il ne restait plus aucune trace de doigts d'enfants.

N'ayant plus grand-chose à faire, Megan se surprit à repenser à la présence d'Alex à Stanton House. Elle était heureuse qu'il eût enfin décidé d'explorer le berceau de sa famille.

La jeune femme espéra de tout son cœur qu'il trouverait dans le journal intime de son grand-père quelque réconfort, et rien qui ne puisse le conforter dans sa haine.

Au milieu de l'après-midi, Megan était au bord de la crise de nerfs. Elle se mit au piano et joua les sonates de Chopin qu'elle affectionnait particulièrement. Les notes s'égrenaient dans le silence de la pièce où crépitait un feu de bois. Le temps était resté maussade à la suite de l'orage. Une grande mélancolie s'abattit sur la jeune femme, les morceaux qu'elle jouait ne la rasséré-naient nullement.

La sonnerie du téléphone retentit, la tirant de sa rêverie. C'était Tyler Dunwoody qui voulait laisser un message à Alexander Wyatt. Il ne fallut pas plus de quinze minutes à Megan pour retrouver figure humaine et partir, chargée d'un en-cas, pour Stanton House.

Elle trouva Alex assis dans la bibliothèque encore remplie de l'odeur de tabac hollandais que Charles fumait. Il était en train de compulser une tonne de documents épars sur son bureau. Il avait l'air sombre et préoccupé.

Megan l'aborda avec un grand sourire, faisant semblant d'ignorer son apparente fatigue.

— Je suis chargée d'un en-cas et d'un message de Tyler Dunwoody! s'exclama-t-elle avec bonne humeur.

Alex ne répondit pas mais entreprit de libérer un espace sur son bureau.

— Que dirais-tu d'un B.C.G.? Je me suis laissé dire que c'était le remède miracle par excellence contre les bobos, les peines de cœur et les mauvaises notes... Moi-même, je ne jure que par ça!

— J'en suis sûr, répondit-il tranquillement.

Elle lui versa un verre de limonade.

– Je suis peut-être un peu trop bavarde, n'est-ce pas? Mais c'est parce que je suis préoccupée. Sans cesse mon esprit revient sur... Des souvenirs sans importance. Vraiment sans importance.

Alex désigna d'un geste large le tas de papiers répandus.

– Je suppose que tout ceci t'est familier?

– Oui. J'ai beaucoup travaillé dessus, admit-elle. Charles insistait. Il pensait que tu aurais peut-être besoin d'aide pour venir à bout de ce fatras.

Alex soupira. Il se massa les tempes, puis passa les doigts dans sa chevelure d'un air exténué, qui émut la jeune femme.

– Je n'ai pas besoin de ton aide... Mais merci pour ton sandwich.

Dépitée, la jeune femme répliqua aigrement :

– Je ne suis ni ta mère, ni ta domestique! Je n'ai aucune envie irrépréssible de te tenir la main. Je t'offrais simplement mon amitié.

– Et ton corps... murmura-t-il.

– Et mon corps, reprit-elle en écho certaine maintenant qu'il attachait quelque valeur à ce qui c'était passé entre eux.

Elle se dirigea vers la porte.

– Je suis en train de t'importuner. Désolée! Quand tu auras fini de manger, pose le plateau dans la cuisine. Je l'enlèverai plus tard.

Alex se releva brutalement.

– Megan, je...

Elle s'arrêta un instant sur le pas de la porte, sans se retourner, ni lui jeter un regard.

– Tu avais un message de Tyler pour moi.

Megan combattit son trouble et parvint à articuler d'une voix calme :

– Il aimerait te voir mardi matin.

– A quelle heure ?

– Onze heures, si cela te convient.

– Tu y seras ?

– D'accord, marmonna-t-elle.

« Pardonne-moi ! faillit lui crier Alex. Je ne sais plus ce que je fais, ce que j'éprouve, là maintenant. » Mais au lieu de ça, il fronça les sourcils d'un air renfrogné.

Megan sortit de la bibliothèque, les bras croisés en un geste naturel de défense.

Il eut envie de courir après elle, de la retenir, mais il se carra dans son fauteuil. Partagé entre son besoin d'elle et la peur qu'elle ne le rejette, il préférait ne rien tenter.

Alex se dit qu'il devrait, un jour ou l'autre, s'excuser auprès d'elle, car il ne doutait plus un instant de sa sincérité, de sa compassion ni de son amour. Il se maudissait d'être tombé sur une femme comme Megan.

Mais pour le moment, une seule chose l'intéressait : le journal intime de son grand-père. Il avait commencé à le lire et désirait continuer. Découvrir sa propre vie racontée par ce vieil homme était comme découvrir l'autre version d'une histoire. Cela ne manquait pas d'être passionnant.

Apparemment, plusieurs détectives privés

117

avaient été nécessaires à son grand-père pour connaître toutes les facettes de son propre personnage.

Au bout d'un moment, il commença de partager les points de vue du vieux Charlie. Les regrets qu'il eut d'interférer dans la vie privée de son fils unique sonnaient vrai. Ceux qu'il avait éprouvés pour avoir privé son petit-fils d'une véritable famille aussi.

Il comprit la solitude du vieil homme quand celui-ci décrivait son enfance solitaire si semblable à la sienne. Il partagea le sentiment que son grand-père avait eu d'être quelqu'un d'unique, à l'écart de la société. Méfiance et défiance avaient été ses devises favorites.

Il fut étonné de voir combien Charles Stanton avait été fier des succès de son bâtard de petit-fils. Cela lui donnait une tout autre opinion de lui-même, il se voyait sous un autre éclairage... Quelqu'un avait su l'apprécier. Il n'en revenait pas. Sa réussite prit soudain toute sa vraie valeur.

Son grand-père, apparemment, le considérait comme tout à fait apte à lui succéder. Il lui trouvait les qualités requises pour devenir le chef de la communauté de Maryville. Alex se sentit amusé et fier de lire ses lignes le concernant.

Le jour déclinait. La bibliothèque se trouva très vite plongée dans l'obscurité. Alex alluma la grande lampe posée sur le bureau. Son halo éclairait d'une douce lumière les pages du journal relié de maroquin fauve. Un sentiment de paix émanait de cette pièce aux chaudes boiseries d'acajou. Alex se détendit, croisa les jambes et poursuivit sa lecture.

Le vieux Charlie avait été profondément affecté par les défauts de son fils. Amoureux des voitures de courses, des femmes faciles et grand amateur d'alcool, il n'en fallait pas plus pour conduire ce garçon à la catastrophe. De fatales attractions, auxquelles son père n'avait pu le soustraire. Ce dernier s'en était toujours voulu de l'avoir tant paterné, de n'avoir pas su éviter l'ultime tragédie.

Alex comprit ce que Charles Stanton avait éprouvé à l'annonce de la nouvelle liaison de son fils. Son appréhension à la perspective de ce mariage avec cette fille au passé douteux.

Alex s'était toujours plus ou moins douté que sa mère n'était pas quelqu'un d'irréprochable, et cette révélation ne le surprit qu'à moitié.

La nuit était tombée. Alex ne distinguait plus le parc au travers des grandes portes-fenêtres, mais il s'en moquait. Ce qu'il découvrait était autrement important.

Charles Stanton n'avait, en fait, appris l'existence de son petit-fils que quatre ans après sa naissance, lorsque sa mère attenta une action en justice pour glaner quelques sous.

Alex, songeur, leva les yeux. Le passé lui était dévoilé dans toute son horreur, sa médiocrité. Une immense vague de ressentiment l'envahit. Ressentiment contre sa mère, contre son père et sa faiblesse de caractère. Ressentiment d'avoir été dépossédé de sentiments naturels tels que l'amour, le respect, l'admiration des êtres chers.

Il referma d'un coup sec le journal intime de son grand-père. Le tic-tac de l'horloge posée sur la cheminée devenait brusquement obsédant. Alex passa une main sur son front fiévreux. Il venait de se rendre compte qu'il avait beaucoup de points communs avec le vieux Charlie. Ses qualités, son orgueil. Et il en fut fier.

La décision que son grand-père avait prise d'observer sa vie tout en restant à l'écart, avait été une erreur, à n'en pas douter. Mais à la fin, n'avait-il pas essayé de se racheter?

Lorsque les douze coups de minuit sonnèrent, Alex referma les portes de la bibliothèque et quitta la maison. Il avait pardonné à Charles Stanton.

Et ce qu'il avait appris valait autant que les millions de dollars de l'héritage qui lui revenait.

*
* *

Maintenant qu'Alex avait une vue plus claire du passé, il se sentait comme apaisé. Et il devait bien se l'avouer, tout ceci grace à la détermination de Megan. Aussi, les deux jours suivants, décida-t-il de se promener dans les environs de Maryville.

Alex ne cessait de penser à la jeune femme. Elle avait eu raison en lui disant qu'il avait d'abord besoin de comprendre pour pardonner aux autres. S'il arrivait à combattre ses propres démons, il trouverait la paix intérieure.

Depuis qu'il s'était vu avec les yeux de Charles Stanton, Alex regardait son héritage d'une tout autre manière. Ce trust devenait vraiment important. Le rejeter n'était plus aussi simple, et il décida de prendre le temps d'y réfléchir et d'évaluer à combien se montait la Holding Stanton.

Etait-il capable de succéder à son grand-père? De porter la torche de l'empire Stanton dans les temps futurs... Et dernière, mais tout aussi importante question, était-il à même de répondre aux sentiments que Megan lui vouait?

Elle touchait son cœur de tant de manières différentes. Derrière sa gentillesse naturelle et sa forte compassion, il y avait de véritables sentiments d'amour. Il en était certain, mais que se passerait-il lorsqu'il lui aurait avoué les siens? Ne le rejetterait-elle pas comme toutes les autres? Voilà la question...

* * *

Déjà installée dans le bureau de Tyler Dunwoody, Megan vit Alex entrer, sous le coup de onze heures, le mardi matin. Habillé d'un pantalon de toile, d'un ample pull de coton et de chaussures de bateau, il paraissait reposé et totalement décontracté. Rien à voir avec l'homme stressé et fatigué qu'elle avait vu le samedi après-midi dans la bibliothèque de Stanton House.

Une brusque colère monta en elle qu'elle sut dissimuler sous un air d'indifférence étudiée. Seul le petit mouvement saccadé de son doigt sur son genou révélait la tension des nuits sans sommeil qu'elle avait passées.

Très droite et pâle, elle observait Tyler et Alex se serrer la main. Tyler, en prenant une pile de documents, lui jeta un coup d'œil.

— Vous ne paraissez pas bien, jeune fille.

— Ce doit être le temps. A cette saison, je souffre facilement d'allergies.

Elle sentait sur elle le regard d'Alex, mais se refusait à lever les yeux dans sa direction. Elle avait besoin de toute son énergie pour supporter ce qui allait suivre. Son refus d'hériter, qui entraînerait immanquablement une récession de l'économie régionale, puis son départ...

— Bonjour, Megan!

Toujours sans le regarder, elle répondit laconiquement :

— Bonjour, monsieur Wyatt.

Sa pile de documents en main, Tyler se dirigea vers la table de conférences au fond de la salle. Alex le suivit. Megan se leva silencieusement pour les rejoindre, les bras croisés sur sa poitrine.

— Avant tout, j'aimerais vous montrer des différentes options dont je vous avais parlé l'autre jour... commença Tyler.

— C'est inutile, coupa Alex. Je pense que nous devrions plutôt...

— Vous devriez plutôt vous faire examiner par un psychiatre! explosa Megan qui n'en pouvait plus.

Elle s'empara des dossiers et, un à un, entreprit de les déchirer.

— Megan! intima Tyler furieux.

— Megan, reprit plus doucement Alex. Tu ne comprends pas...

122

– Oh! si, je comprends. Je comprends tout.

Devant les deux hommes interloqués, elle continuait de déchirer les pages, lançant les morceaux sur la grande table d'acajou. Plusieurs retombèrent à ses pieds dans un joli désordre. Sa colère et son désarroi étaient à son comble. Elle ne pouvait s'arrêter.

A la fin, essoufflée et tremblant de tous ses membres, Megan contempla le désordre qui l'entourait. Elle leva les yeux vers Tyler et lui intima :

– Vous devriez fermer votre bouche, à moins que vous n'aimiez gober les mouches!

Alex fit la grimace. Il aurait voulu la calmer, la prendre dans ses bras. Lui dire qu'elle était la femme la plus spontanée, merveilleuse et curieuse qu'il ait jamais rencontrée. Mais le moment était vraiment mal venu.

Megan ne vit que la petite grimace amusée d'Alex et cela la fit sortir une nouvelle fois de ses gonds.

– Il n'y a rien de drôle! Décidément, vous me rendrez folle jusqu'au bout!

Il lui sourit et demanda calmement :

– Est-ce que tu te sens mieux, maintenant?

– Beaucoup mieux! hurla-t-elle les larmes au bord des yeux, avec le sentiment d'être une parfaite idiote.

Alex s'approcha d'elle.

– Megan, il n'y a pas...

Mais la jeune femme venait de prendre conscience de ce qu'elle avait fait. Horrifiée, elle

123

tourna les talons et sortit de la pièce en courant, des larmes de frustation coulant le long de ses joues.

Alex voulut la suivre, mais Tyler le saisit par le bras et lui conseilla :

— Laissez-la. Elle a besoin de se calmer. De toute façon, j'ai tous ces documents enregistrés sur mon ordinateur, il suffit de les tirer à nouveau. Voyons-nous cet après-midi, si vous le désirez.

N'ayant, apparemment, rien écouté de ce que lui avait dit l'avocat, Alex se dirigeait d'un pas ferme vers la porte.

— Monsieur Wyatt!

Alex sursauta comme pris en faute, et se retourna.

— Ne soyez pas en colère contre elle. Elle était très proche de Charles Stanton, et elle sait dans quelle situation économique vous allez mettre notre ville. Elle est crucifiée par ce que vous êtes en train de faire. Comprenez-la!

Alex soupira. Puis calmement il répondit :

— C'est promis. Je vous rappelle sans faute.

Alex sortit juste à temps pour voir Megan démarrer sur les chapeaux de roues. Inquiet pour elle, il décida de la suivre, avec sa voiture, le plus discrètement possible.

10

ENCORE sous le choc de son esclandre, Megan conduisait vite et sans réfléchir. Elle sortit bientôt de la grand-route en direction de l'école Primrose devant laquelle elle s'arrêta.

Elle coupa le moteur d'un geste sec et respira à fond dans l'espoir de calmer les battements de son cœur. Elle devait absolument retrouver toute sa sérénité avant d'affronter les enfants.

Le bruit d'une porte que l'on claquait l'obligea à regarder dans son rétroviseur. A sa grande surprise, elle vit Alex descendre de voiture et venir à sa rencontre. Elle ne pourrait lui échapper, c'était certain. Aussi se prépara-t-elle psychologiquement à l'affrontement. Il ne lui restait plus qu'à lui présenter ses excuses et tout serait fini.

Brusquement tout se précipita. De l'école jaillissaient des enseignants, des enfants, criant, gesticulant.

– Vite! Une ambulance. Téléphonez! Vite!

Deux hommes portaient le corps inanimé d'un enfant. Megan reconnut aussitôt sa nièce.

Elle courut, folle d'inquiétude.

– Que s'est-il passé?

– Elle est tombée dans l'escalier. Une mauvaise chute, sur la tête.

– Quand? demanda anxieusement la jeune femme.

– Il y a juste une minute.

Megan rétorqua très vite.

– N'alertez pas les autres enfants! Rentrez tous! Vous, essayez de joindre Paul et Kathy. Leur numéro de téléphone est dans mon bureau... Dites-leur de nous rejoindre à l'hôpital.

Alex, qui assistait silencieux à la scène, prit brusquement l'affaire en main. Il s'empara de l'enfant et la porta jusqu'à sa voiture où il la déposa sur les genoux de Megan qui lui avait obéi sans discuter. Il démarra et une course-poursuite contre la montre s'engagea.

– Troisième à gauche puis première à droite, n'est-ce pas? demanda-t-il révélant ainsi sa connaissance de la ville.

– Oui, murmura Megan uniquement préoccupée de l'état de l'enfant.

– Ça va aller, fit Alex encourageant.

La jeune femme lui lança un regard apeuré.

– Je ne me le pardonnerai jamais.

– Sois positive. Quand on espère le pire, généralement celui-ci arrive!

L'équipe des urgences les attendait devant l'entrée principale, prête à accueillir l'enfant. Ils la déposèrent sur un chariot et l'embarquèrent très vite vers la salle de réanimation.

Un moment plus tard, une infirmière vint

demander à Megan de remplir la fiche d'admission. Mais cette dernière surveillait du coin de l'œil le transfert de sa nièce. La petite n'avait pas repris connaissance. Atterrée, elle laissa tomber la fiche à terre et recula, le regard fixe.

Alex s'approcha et ramassa la feuille, puis passa son bras autour des épaules de la jeune femme. Il la guida vers un des fauteuils de la salle d'attente.

– Megan, écoute-moi!

Il prit ses mains dans les siennes et se rendit compte combien la jeune femme tremblait de froid et de peur.

– Même si tu avais été là, tu n'aurais rien pu faire!

– Je suis responsable des enfants...

– Mais tu n'es pas Dieu le Père.

Elle laissa tomber sa tête et se massa les tempes doucement, lentement. Au bout d'un moment, elle se rassit correctement dans le fauteuil et murmura :

– Il faut que je remplisse cette fiche.

Alex hocha la tête.

– Je vais le faire. J'ai un stylo, proposa-t-il. Donne-moi juste les réponses.

Lorsqu'ils eurent fini, ils virent une infirmière venir à eux. Megan sentit son cœur s'arrêter.

– Êtes-vous les parents de l'enfant accidentée?

– Je suis sa tante, répondit Megan.

– Où sont ses parents?

– Ils arrivent. On les a prévenus.

– Vous comprenez, c'est une mineur!

– Bien sûr. Mais je suis la directrice de l'école et les Travers m'ont donné pleins pouvoirs.

L'infirmière, soulagée, lui sourit. D'un geste rassurant, elle toucha l'épaule de Megan.

— Il va se passer un bon moment avant qu'ils n'aient fini de l'examiner. Vous devriez prendre un café, cela vous ferait le plus grand bien.

Megan acquiesça.

— Je vous l'apporte. Tranquillisez-vous, je vous tiendrai au courant.

— Je vais y aller, proposa Alex. Vous avez autre chose à faire.

— Merci, fit l'infirmière en repartant en salle de réanimation.

Lorsque Alex revint, Megan prit enfin conscience de son dévouement et de sa gentillesse.

— Merci. Je ne sais pas ce que je serais devenue si tu ne m'avais suivie jusqu'à la maison.

Alex l'enlaça de nouveau et la jeune femme se blottit contre lui, appréciant la sécurité et la chaleur qui émanaient de lui.

Des larmes jaillirent brusquement de ses yeux et Megan se mit à sangloter de toute son âme meurtrie. Tout se mélangeait dans sa tête, la peur, la culpabilité, l'humiliation de s'être laissée aller ce matin-là chez l'avocat, l'idée insoutenable du départ d'Alex.

Qu'allait-elle devenir? La vie sans Alex serait...

— Megan! Où est ma petite Carrie?

A la vue de sa sœur folle d'angoisse, Megan sécha rapidement ses pleurs. Elle l'embrassa et tenta de lui expliquer l'horrible accident.

— Carrie est une casse-cou! dit très vite Kathie pour tranquilliser sa sœur. La semaine dernière,

128

elle est tombée de bicyclette et celle d'avant, elle a glissé dans la salle de bains et s'est ouvert la tempe. Tu n'y es pour rien, chérie!

Rassurée, Megan l'embrassa à nouveau. Kathie partit vite aux nouvelles.

Paul arriva sur ces entrefaites, escorté de la mère de Megan et d'une autre de ses sœurs, Kelly.

Le médecin sortit enfin de la salle de réanimation et parla un instant avec les parents de la petite Carrie. Tous les membres de la famille retinrent leur souffle lorsqu'ils virent passer l'enfant, toujours inanimée sur un chariot, un masque à oxygène sur le visage.

Kathy et Paul tinrent la main de leur fille quelques secondes, puis très secoués, ils vinrent rejoindre les autres dans la salle d'attente.

— Elle n'a toujours pas repris conscience, expliqua Paul avec difficulté. Le docteur va lui passer une radio et des tests en série. Il met à notre disposition une salle au quatrième étage. L'après-midi risque d'être long.

Alex, qui n'avait dit mot jusqu'à maintenant, proposa :

— Je connais quelqu'un de très bien à Saint-Louis. Un neurochirurgien. Je peux lui demander de venir.

Ému par l'offre d'Alex, Paul marmonna :

— Merci infiniment. Mais ici, l'équipe médicale, choisie par votre grand-père, est au top niveau.

La remarque de Paul, loin de froisser Alex, le remplit au contraire d'une certaine fierté. Il passa un bras autour de la taille de Megan et ajouta :

129

– Mon offre reste valable si toutefois vous avez besoin d'un autre avis.

– J'apprécie, remercia Paul qui regardait sa femme sourire à travers ses larmes. Nous apprécions votre offre, rectifia-t-il.

Megan resta avec Alex, tandis que les autres montaient au quatrième.

– C'est vraiment gentil à toi! insista la jeune femme.

– Il est normal que ta sœur et ton beau-frère veuillent ce qu'il y a de mieux pour leur fille. Je serais comme eux si cela m'arrivait.

Émue, elle lui sourit. Comme elle aimerait pouvoir lui donner de beaux enfants... Mais elle doutait qu'il lui laisse cette chance.

Il changea de sujet et l'incita à aller rejoindre sa famille au quatrième.

L'après-midi passa avec une lenteur exaspérante. Le soleil déclinait à l'horizon, quand le médecin revint leur dire que la petite Carrie, bien que toujours inconsciente, présentait de bons symptômes, et qu'elle ne devrait pas tarder à sortir de son léger coma.

Kelly et Megan pensèrent alors à se procurer quelque nourriture. Elles revinrent avec des thermos de café et des sandwiches pour tout le monde.

Le père de Megan, son frère et une autre de ses sœurs arrivèrent juste au bon moment pour partager cette collation. Ils firent la connaissance d'Alex, puis regagnèrent la veillée familiale. Ce dernier se sentit brusquement gêné d'être là, au milieu, de cette réunion. Aussi amorça-t-il un repli stratégique, vite arrêté par Megan qui le saisit par le bras, et dans le regard de laquelle il put lire la peur de rester seule.

Quelques heures plus tard, alors que la tête de la jeune femme reposait contre son épaule, Alex se souvint d'une des phrases qu'elle avait prononcées, le premier soir : « Nous sommes toujours là, les uns pour les autres. »

Et c'était évident. Sa propre enfance, si solitaire, lui apparut encore plus horrible qu'il ne l'avait cru jusqu'ici.

Il se rendit compte qu'il aspirait maintenant à cette sorte d'amour. Que ce besoin se faisait chaque jour plus pressant. La vue de cette famille, si unie, si chaleureuse, y était pour beaucoup.

Megan s'étira et Alex décida qu'il était temps de mettre fin à cette interminable attente.

— Que dirais-tu d'une promenade ?
— Très volontiers.

Megan prévint sa mère qu'elle sortait un moment pour se dégourdir les jambes.

Mme Montgomery, de loin, adressa un sourire à Alex qui, tout heureux, le lui rendit avant de descendre avec Megan.

Main dans la main, ils se promenèrent dans la roseraie de l'hôpital. Le jardin était désert, à peine éclairé par les rayons de lune, semblable à un îlot de sérénité. Ils marchèrent dans les allées, pleines de l'humidité de l'air et du parfum des centaines de fleurs écloses.

Au centre, une fontaine bruissait gaiement. Megan s'y arrêta, appréciant le lieu et la calme tranquillité de son compagnon.

– Tu as été tout bonnement incroyable aujourd'hui! Après ce que je t'ai fait ce matin...

Alex lui imposa de se taire en posant un doigt sur sa bouche.

– Je me préoccupe de toi et de ta famille, tu sais?

– Je t'en remercie.

– Je ne veux pas de ta gratitude, et tu devrais me connaître assez maintenant pour savoir que je ne fais que ce que j'ai envie de faire...

Elle rit d'un rire cristallin.

– Oui, mon adorable petite mule! plaisanta-t-elle.

Un peu interloqué, il répondit du tac au tac:

– Je suppose que je devrais te remercier de ne pas m'avoir traité d'âne!

– Je n'aurais pas osé, mais... puisque tu en parles! le taquina-t-elle.

– Ta famille est remarquable, dit Alex en retrouvant son sérieux.

– Oh! ce n'est qu'une famille comme tant d'autres. Nous nous aimons, nous nous bagarrons, mais nous nous venons en aide quand c'est nécessaire. Et bien sûr, nous adorons interférer dans nos vies privées respectives! Je ne vois là rien d'anormal.

– Parce que tu y es habituée! observa-t-il.

Megan contempla un instant la fontaine.

– N'as-tu jamais eu envie de fonder ta propre famille?

– Pas vraiment.

Megan sentit une grande tristesse l'envahir.

– Pourquoi?

– Je n'ai pas le temps, dit-il le regard au loin. Et puis je n'ai trouvé personne avec qui... Enfin, je n'ai aucune référence pour bâtir ça.

– Tu ne connaissais rien à l'industrie du voyage quand tu as décidé de t'en occuper! Et pourtant tu as créé Cheney-Wyatt Travel à la force du poignet. Ton rêve est devenu réalité. Pourquoi ne pas faire la même chose avec ta vie privée?

– Je ne m'en crois pas capable.

Apparemment, le sujet était clos, Alex garda le silence, observant la luminescence des pétales de rose dans la clarté lunaire.

Megan vint se blottir contre lui. Alex la prit tendrement dans ses bras, la berçant doucement. Puis leurs lèvres se cherchèrent. Ils échangèrent mille baisers. Leurs corps se touchaient, se balançaient lentement en un rythme lancinant.

Alex glissa une main sous le pull-over de la jeune femme à la recherche de ses seins. Protégé par l'obscurité, il s'enhardit dans ses caresses.

Megan gémit. Ce plaisir devenait intolérable. Elle rejeta la tête en arrière et murmura :

– Je t'en prie...

Alex comprit que ce n'était ni le lieu ni le moment. Il la relâcha et remit le vêtement à sa place. Très lentement. Comme si la jeune femme était faite de la plus fragile des porcelaines.

– Je suis désolé, mon amour.

Elle rit nerveusement.

– Nous nous conduisons comme des fous.

– Tu es une femme extraordinaire, toujours à tourner en dérision les instants les plus graves.

— Oh! il n'y a rien de grave dans notre désir...

— Je suis à l'agonie, rétorqua Alex.

— Nous ferions mieux de remonter, proposa Megan.

Malheureusement quand ils arrivèrent au quatrième, ils oublièrent la roseraie, le clair de lune et leurs épanchements, à la vue des mines sombres qu'aborait toute la famille.

Et l'attente recommença.

Une demi-heure plus tard, une infirmière appela Paul et Kathie.

— Est-ce que notre torture va enfin se terminer? questionna anxieusement la jeune femme.

— Bientôt, chérie, bientôt. Tiens le coup!

Dans un besoin irrépressible de protection, Alex lui passa le bras autour des épaules, sous les regards étonnés de sa famille. Le tic-tac de la pendule devenait obsédant.

Megan fut la première à entendre les pas de sa sœur dans le corridor. Elle serra très fort la main d'Alex dans la sienne.

Kathie, suivie de son mari et du docteur, apparut enfin dans l'embrasure de la porte, des larmes plein les yeux, un sourire crispé aux lèvres.

— Bonne nouvelle, les amis! Carrie a repris conscience. Elle va bien. Les médecins veulent la garder quelques jours en observation, c'est tout...

Surexcitée, Megan se jeta dans les bras d'Alex, et l'embrassa passionnément. Autour d'eux fusaient des exclamations de joie. Chacun se congratulait.

Puis, se décidant à quitter le doux abri des bras d'Alex, Megan s'éloigna pour parler à sa sœur.

Alex regardait la scène avec émotion, sans se rendre compte que la mère de Megan se dirigeait vers lui.

— Monsieur Wyatt, laissez-moi vous remercier pour la gentillesse dont vous avez fait montre à notre égard. Ma fille a un don évident pour choisir ses amis, ajouta-t-elle un grand sourire aux lèvres.

Alex sut lire dans les yeux de la vieille dame toute l'affection qu'elle lui portait déjà.

— Appelez-moi Alex, cela me ferait plaisir.

— Si vous m'appelez Eleanor. Mon instinct naturel me fait vous aimer dès à présent, jeune homme.

— Vous avez une fille exceptionnelle, que j'apprécie beaucoup et en qui j'ai toute confiance.

Eleanor hocha la tête, en l'observant. Alex se sentit comme enveloppé dans son cocon maternel.

— Charles aurait été fier de vous. Aussi fier que je le suis moi-même, dit-elle avec cette simplicité qui caractérisait les Montgomery dans leur ensemble.

Alex se sentit, pour le coup, rougir de confusion.

— Merci.

— Puis-je compter sur vous pour ramener ma petite Megan à la maison?

— Bien sûr!

— Le déjeuner dominical commence vers deux heures. Vous êtes cordialement invité. Mais si vous n'êtes pas habitué à avoir une ribambelle de petits polissons hurlant et courant autour de vous, vous aurez intérêt à apporter vos boules Quiès!

Megan arriva sur ces entrefaites. Elle se glissa près d'Alex.

— Je suis certaine que Maman t'a soumis à la question!

135

Eleanor leva un doigt en signe d'avertissement.

— Jeune fille, tu pourrais faire confiance à ta vieille mère... C'est incroyable! Moi qui suis le summum de la subtilité.

— Mais oui, Maman.

Eleanor éclata de rire et tourna les talons.

Alexander regarda Megan avec une envie non dissimulée.

— Tu as beaucoup de chance de l'avoir. Elle est si charmante.

Megan comprit alors toute la différence qui avait pu exister entre la mère d'Alex et la sienne. Elles avaient dû être aussi dissemblables que le jour et la nuit.

— Oui. Elle est adorable, en effet.

Elle se leva et reprit son sac à main, son visage rayonnait encore de la joie qu'elle avait éprouvée.

— Je crois que j'aimerais rentrer maintenant.

Alex jeta un coup d'œil à sa montre et s'esclaffa :

— Cela va faire dix heures que nous sommes ici!

— Je me souviendrai longtemps de cette épouvantable journée...

— Allons, rentrons à la maison, dit Alex gentiment.

— Avec grand plaisir! soupira Megan à bout de forces.

Elle salua tout le monde d'un grand geste de la main. Alex la prit par la taille et ils se dirigèrent vers l'ascenseur.

Megan, tandis qu'ils descendaient, se demanda s'il serait toujours là, à ses côtés, dans les coups durs, comme il l'avait été aujourd'hui.

11

– MEGAN, réveille-toi! Tu es arrivée.

La jeune femme entrouvrit les yeux et vit Alex qui lui tenait la portière. Elle grommela des mots sans suite, fouilla dans son sac et dit enfin clairement :

– Mais quelle heure est-il?

– Presque onze heures du soir.

Il l'aida à sortir de la voiture, et la conduisit jusque chez elle. Après avoir ouvert la porte, il lui remit les clés dans la main.

– Allez! file au lit.

Megan se sentait absolument abrutie par la fatigue et le stress qu'elle avait subis durant la journée. Elle balbutia, désappointée :

– Tu t'en vas?

– Tu as eu une rude épreuve. Tu dois te reposer. Nous parlerons demain.

Il déposa un rapide petit baiser sur son front et partit, la laissant là, devant la porte ouverte. Fine silhouette désorientée, se découpant dans la nuit. Le vent faisait grincer la lanterne au-dessus d'elle.

– Tu ne veux vraiment pas rester! cria-t-elle.

Alex s'arrêta sur la dernière marche et fit demi-tour. Il la vit toute tremblante, ses beaux cheveux auburn s'envolant autour d'elle. Si fragile. Pareille à une lampe dans la tempête... C'est cela, elle lui évoquait la lumière au bout du tunnel de la vie...

— Bien sûr, que j'ai envie de rester, admit-il. Mais tu es morte de fatigue.

— Et toi? demanda Megan tout en se gourmandant de ne pas le laisser s'en aller. Tu sembles... préoccupé.

— En effet, j'ai beaucoup de choses en tête.

A ces mots, la jeune femme pâlit. Il planifiait son départ, sans un regret, ni pour son héritage ni pour elle. Et voilà.

— Je regrette ma conduite de ce matin chez Tyler. Veux-tu que nous en parlions?

Il secoua la tête d'un air las.

— Nous en parlerons quant tu seras reposée. Je préfère.

Megan acquiesça malgré elle et le regarda partir. Lorsque sa voiture s'engagea sur la petite route, elle murmura :

— Je t'aime, mon amour. Je t'aime tant. Ne le vois-tu pas?

Des larmes coulèrent le long de ses joues. Tremblante d'émotion et de fatigue, elle se décida à rentrer. Elle ferma la porte à clé et monta dans sa chambre.

Elle jeta ses affaires à travers la pièce. Elle avait l'impression d'avoir un poignard planté dans le cœur.

La tête enfouie dans son oreiller, Megan san-
glota de toute son âme, hantée par l'image de
l'homme qui représentait toute sa vie maintenant.

L'homme qui possédait les clés de son bonheur.

*
* *

Alexander déposa ses valises au pied du lit, puis
il redescendit.

Sa maison de Saint-Louis était pourtant grande
mais ce n'était rien à côté de Stanton House,
pensa-t-il en entrant dans la bibliothèque de son
grand-père. Il se servit un verre de cognac et
alluma un feu de bois dans l'immense cheminée.
Les flammes se reflétèrent bientôt sur les boiseries sombres, seule lumière dans cette pièce bai-
gnée d'obscurité...

Alex s'installa dans un des vastes fauteuils de
cuir qui encadraient l'âtre, le journal intime du
vieux Charlie à la main.

L'esprit préoccupé, il tournait les pages sans
véritablement les voir. Et s'il s'attardait sur certains passages, c'était pour les relire plusieurs
fois, sans en comprendre le sens.

Il soupira et referma l'épais cahier relié de cuir.
Bien calé dans son fauteuil, Alex but une gorgée
de cognac et se dit qu'il avait bien fait d'installer
ses quartiers à Stanton House pendant le temps
que durerait son séjour.

Oui, malgré la sensation de solitude qu'il ressentait, seul, dans l'immense bibliothèque, il
savait qu''il avait pris la bonne décision. Il n'avait

139

plus peur maintenant que la vérité lui avait été révélée, d'exaucer les vœux de son grand-père.

Il n'y avait plus à revenir sur son passé. Cette terre de douleurs et de suspicions. Ce désert émotionnel. Même pour s'en servir comme bouclier contre la gentillesse et la chaleur humaine dont il avait fait l'expérience à Maryville. Ce passé n'était plus qu'un bagage encombrant qu'il avait promené trop longtemps.

Il n'avait plus besoin de se protéger. Il se souvint d'une phrase que son ami Cheney prononçait souvent : « La connaissance est la clé du pouvoir, mais ne l'utilise que pour comprendre les actions des autres et surtout les tiennes. »

Daniel Cheney, il le soupçonnait, aurait approuvé Megan. Ils avaient la même sorte d'esprit. Comme lui, elle était persévérante et pleine de compassion. Et comme lui, elle arrivait à pénétrer les mécanismes d'autodéfense qu'Alex avait patiemment élaborés.

Aussi bien dans ses actes que dans ses pensées, Megan était la vivante preuve que la confiance et l'ouverture d'esprit étaient deux choses possibles.

Alex se sentit soudain coupable d'avoir tant de fois agi en parfait calculateur. Evaluant chaque nouvelle relation, aussi bien professionnelle que privée. Rejetant toute marque de gentillesse, persuadé que cela pouvait avoir barre sur lui.

Megan était à l'image de sa ville. Incroyablement gentille et véridique. Et si naïve!

Alex admit que Megan avait eu son rôle à jouer dans le changement qui était intervenu en lui.

Elle lui avait donné le courage de faire face à son passé, d'affronter la réalité, et par ce fait, le pouvoir de pardonner. Et surtout, elle lui avait révélé un sentiment qu'il croyait à jamais enfoui en lui : la soif d'amour.

Soif de son amour, corrigea-t-il silencieusement.

Ses pensées étaient tout entières dirigées vers elle. Son corps, de chaque fibre de son être, la désirait. Cette femme avait réussi à le séduire comme aucune autre.

Alex se rappela soudain son rire cristallin, le satiné de sa peau, les caresses de ses mains sur son corps dénudé...

Il essaya d'imaginer ce que serait sa vie sans elle. Sans aucun doute, un immense trou noir. Sans plus personne avec qui partager les peines et les joies, à qui raconter les mille et un détails quotidiens...

Non, il ne pourrait plus vivre ainsi. Il devait se raccrocher à cette petite lueur d'espoir. Trouver le chemin qui le mènerait à l'amour de Megan.

Alex posa son verre de cognac et se leva. Par les grandes portes-fenêtres, il observa le ciel d'un noir d'encre, le vent qui soufflait dans les arbres du parc. Et là-bas, juste après le mur d'enceinte, la maison de Megan.

Il ne s'était jamais rendu compte qu'elle était si proche. Il voyait distinctement le balcon de sa chambre.

Et sa fenêtre entrouverte.

Malgré l'heure tardive, Alex n'hésita pas une seconde.

Il avait besoin d'elle. Besoin de sa tendresse, de ses caresses. Besoin qu'elle le comprenne maintenant et à jamais. Il avait besoin désespérement de son amour.

Il se fraya un chemin à travers le parc plongé dans l'obscurité, puis il sauta le petit mur qui séparait les deux propriétés et atterrit sur la pelouse qui bordait le belvédère où ils avaient dîné le premier soir.

Arrivé sous le balcon de la jeune femme, il avisa le tronc solide d'une énorme glycine.

Quelques minutes plus tard, il poussait la fenêtre et pénétrait dans la chambre. Megan dormait à poings fermés à en juger par la régularité de son souffle.

Il s'approcha doucement et l'entendit murmurer son nom d'une voix incroyablement triste. Emu, il se dépêcha de retirer ses vêtements, et vint s'allonger à ses côtés. Ses bras se refermèrent sur elle.

Il soupira de béatitude. Le contact de sa peau l'apaisait. Il embrassa ses cheveux, respira son odeur de lilas.

Megan, dans son demi-sommeil, gémit.

— Alex!

Il sourit et lui toucha délicatement le front.

— Alex? s'enquit Megan qui se réveillait tout à fait.

— Content que tu me reconnaisses, plaisanta-t-il.

— Je te reconnaîtrais entre mille...

Elle s'étira et vint se lover contre lui.

142

– Tu avais laissé ta porte ouverte.

Megan fit mine de réfléchir.

– Je suis absolument certaine du contraire!

– Je parlais de la porte-fenêtre de ta chambre, précisa-t-il. Celle qui donne sur ton balcon.

– Tu es passé par là?

La stupeur se lisait sur le visage de la jeune femme.

– Tu ne m'en crois pas capable?

Il riait au souvenir de son escalade.

– Tu es fou! Cette glycine est centenaire... Tu aurais pu te rompre le cou. Le tronc aurait pu céder.

– Avec des « aurait pu », on ne ferait jamais rien, chérie!

Megan arrangea ses oreillers et rejeta sa masse de cheveux en arrière.

– Je rêvais de toi, avoua-t-elle.

– Je sais.

– Tu sais? Comment cela?

– Tu as dit mon nom en dormant. Deux fois.

Elle lui sourit, amusée.

– Prise en flagrant délit!

– La première fois, tu l'as prononcé d'une façon très triste.

Alex la regarda intensément, attendant sa réponse, mais la jeune femme fixait un point dans la chambre à peine éclairée par sa petite lampe de chevet à l'abat-jour rose.

– Je crois bien que je faisais un cauchemar.

Alex se mit à la caresser, lentement, comme pour chasser les vilains fantômes venus la hanter.

143

Megan se laissait faire, les yeux mi-clos, savourant ce plaisir indicible. Son rêve avait disparu devant l'unique réalité qui comptait à ses yeux. Alex était là, et bien là.

Elle ne put s'empêcher de penser que son plus grand désir était qu'il reste à ses côtés pour le restant de leurs jours. Un frisson la secoua tout entière à cette idée.

Alex lui prit le menton entre ses doigts, l'obligeant à lever la tête et à le regarder en face.

— Est-ce que ma présence te gêne? Dis-le-moi.

Affolée à la pensée qu'il puisse la laisser une seconde fois toute seule dans la même nuit, Megan vint se blottir contre lui, ses jambes se mêlant aux sienne, dans un silencieux appel de tout son être.

Alex la serra dans ses bras très fort et murmura à nouveau sa question:

— Chérie, veux-tu que je parte?

Puisqu'il voulait une réponse, il allait en avoir une. Toute physique. Megan déploya tous ses talents pour lui prouver combien nécessaire lui était sa présence.

Quand enfin, Alex put reprendre son souffle, Megan lui demanda avec un petit sourire mutin:

— Est-ce que cela répond à ta question?

— Ouh!

— Pourquoi m'avoir laissée tout à l'heure?

— Je pensais que c'était la seule chose à faire, vu les circonstances.

— Alors pourquoi être revenu? insista-t-elle.

Alex lui clôt les lèvres d'un baiser, mais la jeune femme ne l'entendait pas ainsi.

– Que se passe-t-il?

– Rien, dit-il se protégeant instinctivement des questions trop personnelles.

D'un doigt, il dessinait la ligne de ses sourcils.

– Parlons de ce rien, alors. Je sais que quelque chose te tracasse!

Alex soupira.

– Comment peux-tu savoir, petite sorcière...

– Je sais parce que mon amour pour toi me permet de ressentir ce que tu éprouves.

Alex, sans répondre, fit basculer la jeune femme par-dessus lui. Ses longs cheveux tombaient en rideau sur son torse. Il la tenait ainsi, comme un bouclier, contre tous les tracas de la vie.

– J'ai besoin de toi, ma chérie, avoua-t-il enfin.

Elle lui sourit au travers de ses mèches folles.

– Je crois qu'en ce moment nous avons autant besoin l'un de l'autre!

– Aime-moi, chérie! supplia-t-il d'une voix brisée par l'émotion. Fais-moi revivre... Que ce que je ressens en cet instant dans tes bras dure à jamais!

Ces mots explosèrent en milliers d'étoiles dans le cœur de Megan. Enfin, il répondait à son amour. Ce fut comme un embrasement. Des larmes de bonheur lui vinrent aux yeux et glissèrent le long de ses joues pour tomber en perles de rosée sur le visage de son compagnon.

Elle oublia la peur de son départ, le prix qu'elle pensait payer pour pouvoir l'aimer. Tous ces problèmes disparurent par enchantement, au seul son de ces mots.

Elle le sentait trembler sous son corps. Elle l'embrassa encore et encore.

– J'ai essayé de te rejeter, murmura-t-il. J'ai vraiment essayé de rester loin de toi et de tes charmes. Mais je ne pensais qu'à toi, au besoin que j'avais de toi. Tu avais pris possession de mon âme et j'ai succombé.

Megan se rendit compte alors, que lui aussi avait payé cher son abandon. Elle en fut désolée pour eux deux, rétrospectivement. Elle mourait d'envie de lui dire les trois mots les plus importants de son vocabulaire, ceux qu'apparemment, il avait aussi envie d'entendre : « Je t'aime ».

Elle le lui dit avec ses lèvres, avec ses mains, avec chaque parcelle de son être.

Il répondit à sa quête. Leurs corps s'embrasèrent dans une succession de plaisirs ininterrompus. Le même désir coulait dans leurs veines, enflammant leurs sens exacerbés. Ils découvraient de nouvelles extases inconnues d'eux auparavant.

Un instant, Alex s'arrêta, tentant de retrouver son souffle. Il vit, à sa grande stupéfaction, des larmes rouler à nouveau sur les joues de Megan. Il les embrassa, les lécha, l'obligea à sourire.

– Je n'ai jamais, de ma vie, atteint un tel degré de passion! déclara-t-il emphatique. Il y a en nous quelque chose de purement spirituel... Nous ne faisons qu'un... La fusion totale de deux êtres.

Megan le fixait de ses grands yeux fauves, très pâle.

– Qu'y a-t-il, mon amour? lui demanda-t-il anxieux.

Elle ferma les yeux, des larmes encore au bord des cils.

— Je t'aime de tout mon cœur. Je t'ai aimé dès le premier instant où je t'ai vu.

Il murmura son nom, d'une voix contenue. Cette déclaration le bouleversait plus que ne l'avait jamais fait celles des autres femmes qui avaient traversé sa vie. Il avait un besoin désespéré de la croire, espérant au plus profond de lui-même qu'elle ne l'avait pas faite sous le coup de l'émotion.

Megan, reposait à ses côtés, enfin détendue, comblée.

Alex la contemplait, si belle dans son bonheur, sans se douter un seul instant des tourments qui recommençaient à s'emparer de la jeune femme.

Megan écoutait Alex respirer. De ce souffle régulier qui caractérise l'homme comblé. Son corps était apaisé, mais son esprit vagabondait. Qu'allaient être ses prochaines nuits, quand Alex s'en serait allé ?

Seule, dans sa chambre vide, dans sa maison vide. Dans sa vie, vide de sens...

12

MEGAN entrouvrit les yeux en sentant la chaleur des premiers rayons de soleil filtrer à travers les rideaux de chintz. Un peu étonnée, elle regarda son réveil : 8 h 05.

Alex grommela quelque chose d'indistinct et vint se blottir contre elle. Elle le repoussa sans ménagement, affolée par l'heure tardive. Elle jaillit hors des draps et se retrouva sur ses pieds.

— Un problème? demanda Alex tout endormi en roulant sur le dos.

— J'ai oublié de mettre le réveil! lança-t-elle.

Elle lui jeta un coup d'œil et le vit, les cheveux hirsutes, une barbe du matin envahissant ses joues. Elle sourit.

— Tu as tout d'un pirate!

Il leva un sourcil, et s'aperçut que la jeune femme se tenait complètement nue, devant lui.

— Je crois que le pirate va te kidnapper!

— Il n'en est pas question! s'exclama Megan. Ce matin, le maître d'école n'arrivera pas avant midi, et je dois être en bas dans moins de vingt minutes.

— Économisons ton temps et ton eau chaude en

prenant notre douche ensemble, proposa-t-il ingé-
nument.

Elle leva un doigt en signe d'avertissement.

– Uniquement si tu promets de te tenir tranquille!

Il grimaça devant une telle perspective et lui
saisit le poignet.

– Que dirais-tu de dîner ensemble ce soir?
Juste nous deux.

– C'est une merveilleuse idée. Mais tard alors,
car j'ai une réunion à la mairie en fin d'après-
midi et elle risque de se prolonger.

– Ah! Les femmes d'affaires, dit-il en la relâ-
chant. Je ferais peut-être bien de prendre un
numéro!

Elle éclata de rire et vint lui planter un léger
baiser sur le bout du nez. Puis elle s'échappa hors
de portée de ses mains et, du seuil de la salle de
bains, lui lança :

– Pas la peine! Je t'ai noté sur mon carnet de
bal jusqu'à la date de ton départ.

Sur ces mots, elle claqua la porte. Mal remise
du choc que ces paroles lui avaient causé, elle se
glissa sous une douche froide, se rendant compte
qu'il ne devait pas leur rester beaucoup de jours à
vivre ensemble. Elle se força à chantonner. Mieux
valait profiter du bonheur présent, il serait toujours temps de s'attrister plus tard.

Mais c'était plus facile à dire qu'à faire.

Lorsque Alex pénétra à son tour dans la salle de
bains, elle parvint à lui sourire.

Il vint la rejoindre sous la douche et commença

de l'embrasser. Megan se dégagea rapidement, un sourire toujours accroché aux lèvres, s'excusant d'être si pressée.

Après s'être maquillée soigneusement, la jeune femme décida d'enfiler une petite robe de lin noir, l'agrémenta d'une grande ceinture beige et de chaussures assorties. Elle se regarda dans la glace et l'image que cette dernière lui renvoya lui plut. Elle tordit ses longs cheveux en un superbe chignon qui acheva de la rendre élégante.

Alex rentra dans la chambre et siffla d'admiration. Il était magnifique, à moitié nu, une serviette éponge enroulée autour du cou. Cela le rendait s'il était possible encore plus mâle. Megan retint son souffle, fascinée par la beauté de cet homme.

Alex s'assit sur le bord du lit pour enfiler ses chaussettes, et laissa tomber d'un ton laconique :

– J'ai avancé mon retour pour Saint-Louis. Je pars demain.

Megan le fixa, ahurie. Son sourire se figea sur ses lèvres. Au même moment, la sonnette de la porte d'entrée retentit. Les premiers écoliers arrivaient.

– Alex, je...

Il lui sourit, compréhensif.

– Le devoir t'appelle, il me semble. Je te verrai ce soir. Nous avons à parler car malheureusement hier soir, nous nous sommes endormis sans pouvoir le faire.

Elle hocha la tête en guise de réponse, se demandant comment il pouvait rester aussi calme. Pour sa part, elle avait le cœur brisé. Elle ouvrit la porte de sa chambre et sortit sans un regard.

En bas, une dizaine d'enfants l'attendaient déjà.

* * *

Après déjeuner, Megan se sentit un peu mieux, malheureusement ce fut le moment que choisirent ses deux sœurs et sa mère pour venir l'inviter à se promener avec elles.

Eleanor Montgomery ne manqua pas de noter la détresse inscrite dans le fond des yeux de sa fille. D'instinct, elle écarta Kathy et Kelly en leur proposant d'aller les attendre dehors avec leurs enfants.

— Ma chérie, tu ne sembles pas bien?

Megan, que cette gentillesse troublait, étouffa un sanglot.

— Il s'agit d'Alex, n'est-ce pas?

— Oui, acquiesça-t-elle dans un souffle.

— J'ai remarqué qu'il tenait beaucoup à toi, chérie.

— Pas assez, Mum. Vraiment pas assez!

— Viens dîner chez nous ce soir, cela te changera les idées. Ton père ira à son club après, nous ne serons que nous deux.

Megan secoua la tête, contrite.

— Merci, mais je préfère rester seule.

— Comme d'habitude! Je ne crois pas que cela soit une bonne chose pour toi... Mais je ne veux pas te forcer. Sache que tu peux compter sur moi, je serai toujours là.

Sa mère partie, la jeune femme chercha refuge dans la bibliothèque. Elle avait vraiment besoin d'un moment de calme.

Elle prit une aspirine dans l'espoir que cela ferait passer son mal de tête persistant. « Quel dommage, que cela ne puisse soigner aussi les peines de cœur », pensa-t-elle.

Assise dans son fauteuil favori, elle ferma les yeux et se massa doucement les tempes, revivant la merveilleuse nuit qu'elle avait passée en compagnie d'Alex.

*
* *

Megan arriva à l'heure à la mairie. Il s'agissait de voter les nouveaux plans d'agrandissement d'une zone sururbaine créée plusieurs années auparavant par Charles Stanton. En tant qu'exécuteur testamentaire, Megan était pleinement concernée.

Megan exposa les petits changements qu'elle souhaitait, et fut très applaudie par les membres du conseil. Son discours terminé, elle regagna promptement sa place, mais faillit manquer une des marches de l'estrade en voyant Alex dans l'assemblée.

Elle s'assit tandis que le maire annonçait déjà :

— Mesdames, messieurs, nous avons l'honneur de recevoir M. Wyatt qui souhaite adresser un petit mot à chacun de nous!

De nervosité, Megan jouait machinalement avec une de ses mèches de cheveux. S'il ne tenait qu'à elle, Megan serait sortie, mais elle devait se résigner à écouter jusqu'au bout ce que cet hôte de marque avait à dire.

La salle était pleine à craquer. Tout Maryville, apparemment, s'était déplacé pour écouter le petit-fils de Charles Stanton.

Alex monta sur l'estrade, d'un pas léger. Superbe, dans un impeccable costume gris trois-pièces, le jeune homme irradiait. En attendant la fin des applaudissements, il regarda les centaines de visages tournés vers lui, et il se sentit heureux des décisions qu'il venait de prendre.

Arrivé à un des carrefours de sa vie, la voie qu'il avait choisie allait lui apporter un changement tant professionnel que sentimental.

Il jeta un coup d'œil à Megan, notant avec surprise la panique inscrite sur son visage pâle. Comme il aurait voulu la prévenir en privé et non devant une foule entière.

— Monsieur Wyatt! encouragea le maire en lui tendant le micro.

— Merci, monsieur le maire.

D'un air calme et assuré, Alexander posa les deux mains sur le bureau, de part et d'autre du micro.

— Tout d'abord, je voudrais exprimer mes sincères remerciements à tous ceux qui ont su me montrer tant de gentillesse et de chaleur humaine. Beaucoup d'entre vous ont pris la peine de m'accueillir, de venir me parler, de partager avec moi leur amitié pour mon grand-père... Alors qu'ils savaient pertinemment, qu'un fâcheux malentendu nous avait séparés!

153

Il marqua un silence avant de poursuivre :

— Je dois avouer qu'à la mort de Charles Stanton, il ne m'était même pas venu à l'idée de venir jusqu'ici ! Son héritage, sa mémoire, son passé, rien ne m'intéressait. J'avais appris à détester cet homme, et ses désirs post-mortem pouvaient bien rester lettre morte... Mais grâce aux efforts et à la patience de l'avocat et de l'exécuteur testamentaire de mon grand-père, j'ai fini par comprendre qu'il me fallait faire face à cet héritage et aussi à quelques-uns de mes vieux démons personnels !

L'assistance rit de bon cœur.

— Mon enfance m'avait rendu agressif et toujours sur la défensive. Quelqu'un ici m'a appris que le passé devait être évoqué s'il pouvait servir à ne pas répéter les mêmes erreurs.

Les gens le regardaient avec bienveillance faire sa confession, ce qui permit à Alex de continuer.

— J'ai mis plusieurs jours à m'habituer à votre façon de vivre si éloignée de la mienne. Vous étiez trop gentils, en fait, dit-il en riant. Je n'avais jamais eu d'amis, ni même de vie privée, ma vie n'était que travail assidu ! En parcourant les papiers personnels du vieux Charlie, j'ai compris qu'il était fier et borné. Comme moi !

L'assistance éclata de rire, désarmée devant tant de franchise et de charisme, appréciant tout l'humour du discours.

— En un mot comme en cent, vous m'avez séduit ! Il n'est plus question que j'abandonne cet héritage à l'état d'Alabama !

La foule applaudit et siffla.

– J'habiterai ici, je travaillerai ici, sans pour autant abandonner mes propres affaires. Vous m'avez donné envie d'être un Stanton... Et je ne souhaite qu'une chose, bénéficier du respect que vous portiez à mon grand-père.

Les gens se levèrent dans un seul mouvement, applaudissant, criant leur joie. Megan les vit se précipiter pour être les premiers à pouvoir lui serrer la main.

« J'ai réussi, Mon Dieu, j'ai réussi! pensa-t-elle. J'ai su tenir la promesse que j'avais faite à Charles. »

Megan se leva et entreprit de se frayer un chemin à travers la foule pour sortir. Elle se sentait affreusement triste malgré ce succès inespéré.

Rentrée chez elle, elle comprit qu'elle avait besoin de se retrouver. D'être seule pour réfléchir, pour accepter l'idée qu'Alex serait souvent en ville. Leurs maisons se touchaient, cette promiscuité risquait de devenir un calvaire pour elle.

Megan ferma soigneusement toutes les portes à clé, puis elle monta dans sa chambre pour enfiler une robe d'intérieur. Elle avait besoin de se sentir à l'aise.

Le soleil déclinait à l'horizon lorsque Megan s'installa dans le belvédère. En cette fin d'après-midi, les roses et le chèvrefeuille embaumaient. Une légère brise courbait les delphiniums, et la jeune femme goûta la sérénité qui se dégageait de ce lieu.

Elle restait là, sans bouger, attendant que la

nuit tombe, perdue dans ses pensées mélancoliques. Le bougeoir posé sur la table de jardin lui rappela leur premier dîner, et elle l'alluma.

— Je l'aime, murmura-t-elle. Mais il n'a pas besoin d'amour... Il ne croit pas en l'amour. Demain, il repartira... Et d'autres fois encore...

Dans l'obscurité environnante, des pas se firent bientôt entendre, et Alex surgit.

— Que se passe-t-il ici? questionna-t-il inquiet. C'est pire que Fort Knox!

— Rien. J'avais juste besoin de me reposer. La journée a été dure.

Il s'assit à ses côtés, souriant.

— J'ai été retenu prisonnier à la mairie! Cette foule! Pourquoi as-tu disparu ainsi, en me laissant seul?

Megan garda le silence.

— Je ne te remercierai jamais assez pour tout ce que tu as fait, dit-il.

La jeune femme leva les yeux vers lui et grommela :

— La succession paye mes dépenses, ne t'en fait pas.

Interloqué par cette remarque acide, Alex lui précisa :

— Ce n'est pas ce que j'ai voulu dire.

— Alors, exprime-toi!

— Grâce à toi, je suis devenu un autre homme. J'ai chassé les vieux démons. J'ai appris qu'on pouvait donner et recevoir sans déchoir! C'est fichtrement important, non?

— Ravie d'avoir pu t'aider à trouver des réponses que tu connaissais déjà, à mon avis.

Au bord des larmes, Megan se leva brusquement et fit quelques pas.

— Nous serons bientôt voisins... ajouta-t-elle tendue.

— Voisins? Je préférerais que nous vivions ensemble, suggéra-t-il l'œil mutin.

Megan haussa les épaules.

— Il n'en est pas question! J'ai une réputation à tenir dans cette ville. Plus personne ne me confierait d'enfants... Ta maîtresse! J'entends d'ici les cancans.

— Maîtresse? Quelle idée!

Megan se glissait déjà hors du belvédère et Alex dut lui courir après.

— Mais qu'est-ce qui t'arrive! cria-t-il déconcerté. Tu me fuis maintenant? Explique-toi! As-tu au moins écouté ce que j'ai dit au conseil?

— Oh! oui. Chaque mot. Tu es un être diabolique.

— Mais tu es folle, ma parole!

Megan essaya de se dégager de son emprise.

— Lâche-moi immédiatement...

Choqué par son ton de voix, il s'exécuta. Elle courut dans le noir et atteignit la cuisine, où elle chercha refuge.

Alex fit voler la porte en éclats. Megan, la bouche grande ouverte le fixait sans pouvoir dire un mot.

— Je te paierai les dégâts!

— Laisse-moi! S'il te plaît laisse-moi tranquille...

— Il n'en est pas question.

Des larmes plein la voix, elle murmura :

– Je ne peux plus continuer ainsi.

– Continuer quoi?

– A faire semblant!

Alex devint blanc comme la pierre.

– Il est inutile de fuir. Tu n'as qu'à me parler. C'est tout.

– J'ai couché avec toi... Et, oh! Je ne veux plus... Je me sens utilisée... Je ne peux... Je ne peux vraiment pas parler de ça!

Il l'attrapa et la serra contre lui. Il commençait à comprendre ce qui s'était passé dans son esprit.

– J'ai été idiot. Mais quel idiot je suis!

– C'est moi l'idiote! cria-t-elle hors d'elle-même.

– Megan?

Elle leva enfin son visage vers lui.

– Je croyais que tu savais.

– Savais quoi?

– Que je t'aimais, bécassine! Que rien, ni l'argent, ni le pouvoir, ne pouvait te remplacer. Tu fais partie de ma vie maintenant.

Elle ravala un sanglot.

– Je ne serai pas ta maîtresse. Je ne pourrais pas.

Alex perdit patience. Il lui saisit le poignet et la tira hors de la cuisine, lui fit traverser les deux parcs, toujours sans un mot. Ils arrivèrent enfin à Stanton House. Alex lui fit gravir l'escalier, et une fois dans sa chambre la jeta sur le lit.

– Regarde autour de toi! intima-t-il.

Megan vit alors les valises ouvertes, les placards remplis de ses vêtements, les clés de la maison posées sur la commode. Même l'air de la pièce était imprégné de son eau de toilette.

— Tu as emménagé? dit-elle stupéfaite.

Il acquiesça, restant à quelques pas d'elle.

— Je n'ai aucune envie d'être ton amant! Ce dont j'ai besoin c'est d'une femme, d'un foyer accueillant et, pourquoi pas, de quelques enfants... Mais tout ce joli plan ne tient qu'à toi. Sans toi, pas de foyer. Sans toi, je ne saurais être heureux!

Elle se releva, essuya furtivement les traces de larmes et demanda toute souriante:

— Est-ce une demande en mariage que je viens d'entendre?

Il lui tendit les bras.

— C'en est une. En bonne et due forme.

Elle vint se blottir contre lui, n'en croyant pas ses oreilles. Son cœur battait la chamade. Elle reprit sa respiration et murmura:

— Alors, j'accepte! Oh! mon amour...

Il l'embrassa sur le bout du nez, sur le front, sur ses yeux clos. Une douzaine de petits baisers délicieux.

— Peux-tu me faire une promesse? demanda-t-il pressant.

— Bien sûr, chéri.

— Promets-moi de m'aimer toujours!

Megan vit dans le fond de son regard la vieille inquiétude qui revenait. Toute sa vulnérabilité mise à jour.

Elle lui sourit avec son cœur. Avec son âme.

— Je te le promets, mon amour. Et tu sais que je tiens toujours mes promesses!

LA COMPOSITION, L'IMPRESSION ET LE BROCHAGE DE CE LIVRE
ONT ÉTÉ EFFECTUÉS PAR LA SOCIÉTÉ NOUVELLE FIRMIN-DIDOT
MESNIL-SUR-L'ESTRÉE
POUR LE COMPTE DES PRESSES DE LA CITÉ
EN MAI 1993

Imprimé en France
Dépôt légal : juin 1993
N° d'impression : 23787